小花阅读

# FLORET
#### READING

## 小花阅读

我们只写有爱的故事

大鱼文化清新阅读子品牌 2016 幸得相见

# 有 时 甜
## FLORET
### READING
▼

狸子小姐 著

【一生一遇】系列四部曲
听说恩爱和好身材一样
都是拿来秀的

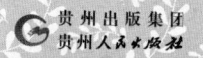

贵州出版集团
贵州人民出版社

# |小花阅读|
## 【一生一遇】系列四部曲

**四部曲之一《林深时见鹿》**
晏生 / 著

**标签：自闭总裁 / 话痨少女 / 腹黑医生 /CP 过多甜宠有理**

有爱内容简读：
顾延树把惜光背到背上，这么一折腾，她竟然也没醒，脑袋搁在他肩上蹭了蹭，找了个舒适的位置继续睡。
司机先生忍不住问顾延树："你们年轻人真会玩啊，没事儿两个人坐车绕了这么远的路，才刚交往的吧？"
顾延树说："十多年了。"
司机先生吓傻了，问："这不可能吧？你们俩看上去也就二十来岁，难道从小就早恋？"
"嗯。"顾延树偏头看了眼背上的人，说，"她小时候对我一见钟情。"
……

---

**四部曲之二《小幸运》**
打伞的蘑菇 / 著

**标签：少年之爱 / 救赎与复仇 / 守护与隐情 / 初恋四叶草**

有爱内容简读：
叶祈幸，你知道吗？
我这一生，有过恨，有过痛苦，
也曾想过哪怕要舍弃自己都要把罪魁祸首找出来，
可是，自从遇见你开始，我想握住的已经不是复仇的刀或者枪了，
而是你的手而已……
可如今，我的手上已经沾上了你最爱的人的鲜血，
大概此生再也无法抱紧你了。

四部曲之三《遥不可及的你》
姜辜 / 著

**标签: 完美高冷律师 / 尖锐暴躁少女 / 强强之恋 / 甜辣酸爽**

有爱内容简读:
没有人可以理解我，除了你，于童。
可是，你就像当年我毁掉你一样，毁掉了这个想对你认输的我。
花椒和八桂的香气，
厚重的麻辣红油，
旁人惊叹又好奇的眼光，
还有我肩头没有融进羽绒服的白雪，它们无不例外地唤醒了我的斗志。
那就这样吧，于童。
就像很早之前你说过的，我们谁都别想好过。

四部曲之四《有时甜》
狸子小姐 / 著

**标签: 嫌弃夫妇 / 恩爱虐狗 / 男友力MAX / 我们要报警了**

有爱内容简读:
顾念正襟危坐在陈诺旁边，微微拉开两人的距离，轻声道："陈诺，你就直说我做错了什么，没必要这么费尽心思地整我，大不了我自己提头来向你请罪。"
"你难道觉得我是在整你？"陈诺认真地问。
顾念认真地看着陈诺，诧异地惊呼："不然还会有别的原因吗，莫非你真的是喜欢我，所以和我在一起？"
转念一想，又觉得不对——"不可能啊，你说过不喜欢我的。"
陈诺点了点头道："但我也说过，这辈子，除了我，没有人会养你。"

## 作者前言 | 在心里埋了很久的故事

　　这个故事一开始只是在一个天色很沉好像还在下着雨的晚上,我在睡得很沉的晚上做的一个梦。

　　醒来后只依稀有些印象,比如一个很聪明的男生,那种看上去就很聪明的,也就是后来的陈诺。

　　和一个被打击千万遍后,仍然会照顾弟弟的女生,也就是后来的

### 狸子小姐小档案
#### LIZIXIAOJIE

狸子小姐，
选择恐惧症重症患者，路痴，无方向感，迷糊，死宅，吃货，间歇性休眠。
最高纪录是一个月清醒时间不到四分之一，
唯一的解药就是帅哥美女和美食，
当然，看小说好像效果也不错。

顾念。

以及印象最深的一句话，你怎么会这么笨，也是后来陈诺换了很多种形式来嫌弃顾念的最原始版本。

创作这个故事的时候，我已经在小花这个大本营里面了。

在被苏总毙掉了我交上去的所有大纲之后，我不得不将这个故事拿出来，说句大实话（说出来苏总会冒出来打我吧！），其实当时我不是那么愿意呢，因为在梦里，那个男生可是我小时候默默关注的一个男生。

（咦，好像暴露了什么。）

不过，一切又好像是注定的一样，注定我一定要将这个在心里埋了很久的故事拿出来，用这样的方式呈现在大家眼中。

写这个故事的过程中，苏总从一开始就说，你的风格好特别，碎碎的；写到后面，她会问我，你这样写下去累不累？我怎么能喊累呢，再累我也要咬着牙说自己可以啊。

终于，我从大鱼的粉丝华丽变身成为小花一员的时候，我整整激动了一个晚上，反复确认着合同，告诉自己这不是梦。

有时 甜
/ 06

在心里埋了很久的故事

　　同时，不是梦的还有我在这里认识的小伙伴们——
　　每天没写完的时候互相鼓励着说，我晚上陪你熬到什么时候的小伙伴。
　　每天像小学生一样，上厕所都要手拉手的小伙伴。
　　同时约着什么时候去吃好的，去唱KTV，却一直都在等待中的小伙伴。
　　喂！我们到底什么时候约啊？

　　世界你好，我是小花，世界你好，我爱小花。

狸子小姐
2016.05.03

## 陈 诺
CHENNUO

他从来用词犀利：顾念，你的作业和你的智商一样，还摆在客厅的茶几上！

### GUNIAN
# 顾 念

上天怎么送给她的都是一朵朵奇葩啊！

## 陈 诺
CHENNUO

我从来就没有把你当作我姐,你从来就不是我姐,只是顾念,我喜欢的那个人。

## GUNIAN
## 顾 念

她开始觉得身边经过的每个女孩子
看她的时候，眼神都是充满恶意的

# 有时甜

YOUSHITIAN

顾念深吸一口气，一咬牙："我想请你假扮一下我男朋友。"
陈诺竟然只是平静地点点头："果然是来要我身体的啊。"

## YOUSHITIAN
## 有时甜

念念，你不需要当众表白的，
我从很早很早以前开始，就知道了。

# 有时甜

YOUSHI
TIAN

001 — **Chapter.1**
顾念,你的作业和你的智商一样,还摆在客厅的茶几上!

009 — **Chapter.2**
顾念扶额叹息:上天怎么送给她的都是一朵朵奇葩啊!

018 — **Chapter.3**
这位同学,请问你是觉得这样站着不舒服是吗?

025 — **Chapter.4**
顾念,我知道我长得很好看,但我还没打算变性。

032 — **Chapter.5**
断胳膊断腿都是小打小闹,你哪是这些啊,你明明是脑残啊!

040 — **Chapter.6**
你难道没有听说过好身材就是拿来秀的吗?就像恩爱,不秀大家怎么知道呢!

049 — **Chapter.7**
小的这就把自己呈给你,随你搓圆揉扁。

057 — **Chapter.8**
先人有训:男女有别,我们这样不好!

067 — **Chapter.9**
所以,你居然为了时然学长,骗了陈诺小男神?

# 有时甜

YOUSHI
TIAN

076 — **Chapter.10**
她那么傻，谁会喜欢她！

084 — **Chapter.11**
你要相信，就你这个智商，时然是控制不了你的。

092 — **Chapter.12**
这不是重点好吗，这里是女洗手间啊！

100 — **Chapter.13**
女孩不知道矜持，穿得一点都没个正形有什么好！

108 — **Chapter.14**
不要以为我刚刚失恋，就会饥不择食到什么人都会要的。

116 — **Chapter.15**
我带出来的钱好像不够去里面吃一顿……

123 — **Chapter.16**
抢走我的爱心早餐，以为十块钱就能弥补我受伤的心灵吗？

131 — **Chapter.17**
我觉得我有必要打个电话回去问问，你是不是把智商留在了海城。

139 — **Chapter.18**
化妆就像是易容，不同的妆容给你别样的惊喜。

## 有时甜

YOUSHI TIAN

148 — **Chapter.19**
一个男的能够每天过来送早餐，那就一定是想泡你!

155 — **Chapter.20**
听说吃什么补什么，你没看出我是在补大脑啊!

162 — **Chapter.21**
你什么时候偷了我的身份证的? 陈诺你居然还是个小偷!

170 — **Chapter.22**
顾念, 你中邪了, 大白天的想来谋害我!

177 — **Chapter.23**
你们两个不要在这里打架斗殴, 影响不好, 好歹也是我们寝室的友谊标杆!

184 — **Chapter.24**
顾念, 我其实没那么介意和你挤在一套公寓里。

192 — **Chapter.25**
既然他诬陷你劈腿, 你就得有一个劈腿的样子。

200 — **Chapter.26**
你说陈诺小男神会不会有恋姐情结?

208 — **Chapter.27**
我要是不养你, 你现在还能活着在这儿和我说话?

# 有时甜

YOUSHI
TIAN

216 — **Chapter.28**
妈,正如你所看到的一样,
我和念念是真的在一起了。

223 — **Chapter.29**
我从来就没有把她当成我
姐!

230 — **Chapter.30**
难道你不是因为陈诺小男
神家暴进了医院?

237 — **Chapter.31**
顾念,你以为我会这么便
宜地把你让给别人?

244 — **Chapter.32**
念念,你是不是把陈诺小
男神的脑子给吃了,不然
小男神怎么会看上你?!

251 — **Chapter.33**
陈诺,我有可能喜欢你……

259 — **Chapter.34**
以后这种事情没必要特意
回来说一下,我和你妈都
不在乎这些细节的。

## Chapter.1

顾念,你的作业和你的智商一样,
还摆在客厅的茶几上!

1

A市上空艳阳高照,几经颠簸之后顾念终于从海城来了这里,也叫她第一次感受到什么叫置身在火炉中,明明已经是九月了,可是温度居然还是直逼40℃。

顾念独自一人拖着巨大的行李箱艰难地前进着,满头大汗黏着凌乱的头发,已经完全看不出半点以前邻家小女生的样子了。反观一旁的陈诺,面不改色地走在前面,生人勿近的样子提着一个小到不能再小的行李箱,一脸的从容与优雅。

想到那天整理东西,她正在面对床上凌乱的衣服做着艰难抉择的时候,陈诺从后面走进来,看了一眼床上的衣服,伸出两个手指提起一件吊带,嫌弃地说:"你怎么不直接裸奔呢?还有这件,妈穿都嫌老气吧。"

顾念听着陈诺这么说自己的衣服，在一旁打抱不平道："当初我买的时候，你怎么不说呢？我这样穿了一个高中你也没说什么，怎么今天这么多话了？"

陈诺丝毫不留半点情面给她："买的时候我怕再打击你，你就没脸活着了。至于高中，你还没到拉出去遛的水平，没必要打扮得多好看。"

拉出去遛，他当自己是宠物吗？可是顾念知道即便自己再怎么反抗也不过是无畏的牺牲，还不如省点力气整理行李。

经过陈诺一番嫌弃之后，顾念惊愕地发现自己能带过去的东西还不足半个行李箱。

一旁的陈诺狡黠一笑，扶额叹息："唉！既然你行李箱这么空，我那边好多衣服都装不下，你帮我装一下吧。"

看着陈诺带着衣服进来，顾念嘴角一抽，她早该想到陈诺不会有这么好心的，为什么还是被骗了呢……

2

当初得知妈妈要再婚的顾念，完全是少不更事的年纪，哪里懂得什么人心狡诈，什么争宠夺权。

第一次来到陈家的时候，顾念怯生生地站在妈妈身后，看着面前和蔼的陈爸爸以及那个胖嘟嘟可爱的弟弟，笑着叫了一声"陈叔叔"便安静地坐在一旁。

一切都照着电视剧里那些温馨的画面进行着，意外就在这时发生——顾念趁着妈妈在和陈爸爸说话的空当，忍不住去捏了一下陈诺的脸。

只见陈诺眯着眼对顾念一笑，然后眼里闪过一丝狡黠，突然咧嘴就哭，完全没有任何征兆。顾念不知所措地站在一旁，显然还没有适应这一闪而过的变化，就听到头顶传来妈妈严肃的声音："顾念，你又干了什么？"

顾妈妈是中学老师，顾念从小就害怕她，这时候更是吓得连大气都不敢出，连忙说自己什么都不知道。可是妈妈怎么会相信，看到陈诺脸上的红印，直接朝顾念的屁股使劲打了两巴掌，再一脸慈祥地教育他们两个以后要好好相处。

一旁的陈诺眼里含着泪水，一副温顺可爱的样子，像是受了好多委屈一样，楚楚可怜地说："妈妈，我会和姐姐好好相处的。"

顾念现在都还在想当时陈诺是怎么做到才第一次见面就叫对方"妈妈"的，像她，这么多年过去了，还是叫陈爸爸"叔叔"。

想到这里，顾念气愤地跺了一下脚，没想到前面的阶梯还跟她作对，脚一崴直接摔倒，扑向陈诺。

陈诺矫健地侧身躲过，虽然很不情愿却还是伸手接住了顾念，他皱着眉头鄙视道："顾念，走路都能摔，真不知道你活着的意义在哪儿。"

顾念拍了拍根本没有尘土的衣服，提起一旁的行李箱，完全不在乎陈诺说了什么。这些年，面对陈诺的打击，她已经习以为常到可以淡然置之了。

曾经，当顾念慌乱地在书包里找作业的时候，陈诺会在一旁说："顾念，你的作业和你的智商一样，还摆在客厅的茶几上。"

当顾念在翻遍了整本书也没有找到老师说的那道题的时候，陈诺会说："顾念，如果我是你，我会和这本去年的书一起撞死在去年。"

……

3

看见顾念带着这么大的箱子，很多想过来帮忙的学长都对她笑了笑之后转身拎起别人的行李，装作没有看到顾念求助的眼神。顾念想起刚才陈诺朝自己摆了摆手，果断离开的背影，凄凉感油然而生。

时然的出现相当及时，就在顾念以为要一个人搬着这些东西去寝室的时候，一个矫捷的身影果断地出现在了她的旁边，一脸勤恳地说:"我帮你搬去寝室吧,你住几楼?"

在顾念说五楼的时候,明显地感到学长的脸抽了两下之后不再说话,叹了口气,扛起行李咬牙就走。

顾念暗暗感叹:看吧,世上还是有好人的吧,果然人间处处充满爱。

时然帮顾念把东西搬上去后迅速地离开了。顾念又想,你看,还做好事不留名。

顾念拿起抹布开始打扫卫生,夏晓悠从外面打着电话走进来了:"妈,你放心吧,我一个人可以的。"她看了眼顾念又接着说,"学校很好,连寝室都还安排了阿姨帮我们打扫呢。"

顾念看了看自己这身打扮,因为担心很难洗衣服所以翻出了最差的衣服套在身上,头发随意地绾在脑后,又看了看手中的抹布,还真的有点像保洁阿姨。刚想解释,就听到夏晓悠对自己说:"你过来把我这边也擦一下吧,她那边还没来人不着急。"

正在顾念犹豫该怎么解释的时候,夏晓悠已经夺过顾念手中的抹布,一边擦着自己面前的桌子一边碎碎念:"你这么慢,不怕学校把你辞掉吗?"

组织了半天的词语,顾念才缓缓地开口:"那个,我其实……是经管系的新生。"

夏晓悠明显为自己方才的失礼感到尴尬,拿着手中的抹布不知道是该还回去还是继续用。

这时候顾念将抹布拿回来,帮夏晓悠擦完之后,还抓着抹布的手就被夏晓悠抓住了:"你好,我是外语系夏晓悠。"

"我叫顾念,经管系的,会计专业。"顾念迟疑了一下,笑着回答。

两人迅速混熟,出去逛了一圈,把要买的生活用品都买好,夏晓悠疑惑地问顾念为什么全买双份。顾念想到陈诺,想到她曾经帮人递情书的日子,不由得打了个寒战,觉得还是不要告诉大家她认识他为好,于是随便找了个理由搪塞过去,把刚买的东西塞了一份进箱子,拖着它离开了寝室。

顾念来到陈诺寝室楼下,被宿管阿姨拦住不准进去,只好打电话叫陈诺下来。陈诺拿出平时对付顾妈妈的那一套,没几分钟阿姨就对顾念说:"以后来看你弟弟直接进去就行,阿姨理解你们姐弟情深。"转眼看到顾念身边的箱子,"哎哟,这么多东西你们怎么搬得动啊,阿姨叫个人来帮你们吧。"

回想自己这么多年来的经历,顾念只恨自己没有长一张欺骗世人的乖学生脸。

看着凌乱的寝室,顾念看了陈诺一眼,愤恨地说:"你不是有强迫症吗?不是有洁癖吗?不是说这样会影响你一天的心情吗？"

陈诺说道："你觉得我现在看上去像心情好吗？在你来之前，我就没有进去过。"

果然，转头便看见陈诺的迷你行李箱还摆在寝室外，顾念不打算和陈诺纠结这个问题，认命地去打扫，只听陈诺的一干室友全在叫唤："妹妹，我这里没有打扫，要不顺便帮我扫下吧。"

4

等忙完所有的事天都已经黑了，顾念才记起来出门前叫夏晓悠等自己一起去吃饭，赶紧打电话告诉她自己马上就来。只听见夏晓悠在那边哀怨地说："你要再来晚点就等着给我收尸吧。"

顾念一打完电话就看见陈诺朝自己走过，十分不情愿的语气说："看在你帮了我这么多的前提下，我就勉为其难地请你吃一顿吧。"

换作别人肯定会直接甩手拒绝，但顾念和陈诺相处了这么多年，如果连这种小事情都不能忍受的话，道行也太低了吧。

说起来，陈诺还是挺大方的，这些年虽然用各种手段从她手里拿走了零花钱，但至少他在心情好的时候还是会带她去吃那些妈妈明令禁止不能吃的垃圾食品。对此，顾念总是心存感激并且任劳任怨。

顾念想着夏晓悠还在等自己，正考虑要不要忍痛割爱拒绝陈诺的时候，只听走在前面的陈诺说："放心，我不介意你多带一个人。"

"那可以也带上我吗？"一个陌生的声音插了进来。

顾念转身看去，只见门口突然出现一个人，红色背心配着一条花短裤，相当清凉，头发就差没有剪到贴到头皮了，不小的行李箱在他手中就像是手提包一样，几下就被提进了寝室。

"我钱包好像不见了，我妈说要明天才给我打钱。"还没等顾念他们问什么，他就一通解释完，然后有些不好意思地挠挠头发。

顾念看了看陈诺，知道陈诺一向在这种笼络人心的时候不会吝啬。果然，就看见陈诺笑着说可以，然后十分淡然地接受着对方的感恩戴德。

路上，顾念从男生的介绍中知道，他叫肖勇，体育系大一的新生，因为寝室分配的原因调到了经管系和陈诺在一个寝室。前面还在想陈诺寝室怎么只有三个人，现在看来算是满了。

# Chapter.2

顾念扶额叹息：上天怎么送给她的都是一朵朵奇葩啊！

1

三人去找夏晓悠，她早就等在寝室楼下，一看见顾念便立即跳起来冲他们打招呼，像只活泼的猴子。

还没等顾念介绍，夏晓悠就先她一步做了自我介绍，然后推了推顾念的肩膀，凑在顾念耳边说："你什么时候弄到这么极品的小弟啊，一看就比我们小啊，才高中吧你也下得去手！"

顾念扶额叹息，上天怎么送给她的都是一朵朵奇葩啊！她做作地咧嘴一笑，指着陈诺介绍"这是我弟弟，陈诺，和我们同一届。"然后转过去介绍肖勇，"他叫……"

没等顾念说话，肖勇就打断道："美女，我叫肖勇，你可以叫我勇子，我妈都是这么叫我的，当然随你开心，你想怎么叫我都是可以的。我是学校体育系的，曾经是长跑冠军，我妈说只有跑得快才能追到女朋友……"

可是肖勇万分热情地自我介绍的时候，夏晓悠的眼神一直看着陈诺，连转都没有转一下，没等肖勇说完，她立即朝陈诺伸出手自我介绍道："夏晓悠，你可以像念念一样叫我晓悠。"

陈诺礼貌性地回应："晓悠姐，你好。"却完全没有任何要和夏晓悠握手的迹象。

一句"姐"已经干净果断地拉开了两人的距离，可他居然连手都懒得伸一下。顾念有些尴尬地看着夏晓悠，生怕对方生气。

面对陈诺这么明显的拒绝，夏晓悠却完全没有介意，淡定地将手收回来后转身问顾念："去吃什么，我好饿。"

顾念看了看陈诺，见他没有说什么立即开口道："陈诺请我们吃大餐，随便你们点。"

做什么都要抢到前头，不然以后就会错失良机！这个道理顾念显然已经完全理解甚至运用得炉火纯青了。

四人到了一家看上去还算高档的饭店，夏晓悠一改之前大大咧咧的形象，开始装起淑女来。顾念倒是不介意她这般矫揉造作，毫不客气地点了好多之后才问陈诺够不够。

陈诺朝她勾起嘴角一笑，凑到她耳边用恰好大家都能听到的声音说道："你要是再点下去，我会直接把你拖到猪肉市场去的。"

顾念秒懂陈诺的意思，愤恨地盯着陈诺用眼神控诉：居然说我像猪，还说得这么大声，既然打算说这么大声，那你凑到我耳边来到底有什么意义？多吃点怎么了，当初你长个儿的时候吃得不是比谁都多吗？

肖勇可看不懂顾念眼里满满的内容，只听得一头雾水，他出声问道："拖到猪肉市场？陈诺你要买下整个市场送给顾念吗？"

陈诺笑了笑不打算解释，一旁的夏晓悠虽然后知后觉，但还是理解了。她小声打断了肖勇继续问下的势头："知道自己笨就好，不需要让大家都体会的。"

2

说到长个儿，顾念记得在初三那段时间，明明小时候还没自己高的陈诺突然蹿个儿，比自己高一个头就算了，小时候胖嘟嘟的脸也开始变得棱角分明……这些都不是重点，重点是顾念发现自己居然有停止生长的现象。

为了不让这个在陈诺面前唯一的优势就此化为乌有，顾念开始每天和陈诺一样吃好多饭，以求在营养上得到充分的补给，保持着原有的优势。可是没想到，陈诺继续在往上长，她却开始左右蔓延了。

不到一个月，顾念就长成了陈诺小时候的模样，脸上的肉让陈诺都忍不住想要捏两下。

妈妈发现顾念这个变化之后,立即断掉了顾念所有的零食,甚至连零花钱都减了半。这还不算,每次顾念打算去装第二碗饭的时候,都会接到来自妈妈凛冽的眼神,似有冷刀闪过。顾念只得忍痛叹口气放下碗回房间。

每当这个时候陈诺都会得意地端着一碗饭来到顾念的房间,就算只是在一旁坐着什么都不说,在顾念看来已经是最赤裸裸的炫耀了,何况,对方还会一脸天真地说:"姐姐,你也觉得今天妈妈做的糖醋排骨很好吃对不对?"

……

吃饭的过程中,肖勇特别忙碌,他不停地问夏晓悠够不够要不要吃不吃这个,在夏晓悠咳嗽的时候又是递水又是递纸,忙得不亦乐乎。

至于一旁的陈诺,除了在一旁顾念的央求下夹了几筷子顾念够不到的菜给她之后,就只管自己优雅地吃饭。

在顾念吃得太急一口气没喘上来呛到的时候,他把自己喝了一半的水递给了她,但是还要加上一句:"你的智商是不是还被你留在海城啊?"

一旁的肖勇听说他们是海城的立马说自己是沈阳的,离得不远,以后可以一起回去。

"你们那么远来这里读书干什么?"一旁的夏晓悠不解地看着他们。

早在白天的交谈中,顾念就知道夏晓悠就是本地人,之所以没去外地读书是因为父母不放心她一个人去那么远,也正因为父母打电话不放心的原因,才闹出白天将顾念认成是保洁阿姨的笑话。

顾念当然不想说,是因为陈诺一意孤行地认为这里的金融学比较好,所以才填了这个可以将自己蒸熟的地方。

至于她,不过是被迫过来照顾陈诺的。

### 3

说起陈诺来A市读书,顾念不会忘记自己母亲是拿出最慈祥的笑容语重心长地说:"男孩子确实要去外面闯一闯,有想法也是好的,我和你爸都会支持你的。"

可她不过是想去离家不到三个小时车程的B市,就被妈妈严厉训斥:"你去这么远干吗,你能照顾好你自己吗?还是以为离开了我就可以谈恋爱了?告诉你,大学不毕业,休想给我谈恋爱,否则你就仔细自己的皮肉厚不厚实吧。"

顾念欲哭无泪地看着妈妈,却又不敢反抗。在顾念这里,妈妈一直都是权力和威严的象征,就像是古代的皇太后,违者会被斩立决的。

顾念就知道一点忤逆的想法都不该有的。果然，妈妈不让她去B市，却把她发配到了A市，还是陪着陈诺一起，甚至美其名曰："你们姐弟俩从小关系就好，一起读书我们也放心。"

顾念幽怨地看着母亲，似是在向她控诉：您哪里看出我和陈诺关系好了？您难道不知道，您女儿在这近十年来早就被那个奸诈小人炸得外焦里嫩了吗？

每次值日，顾念都是一个人打扫完卫生，还会听到陈诺在一旁悠然自得地说："我这么做是因为你太虚弱了，平时又不锻炼，这时候正好。"说得好像挺在理一样。

发零花钱的时候，陈诺都会说："我帮你把它收好吧，你要花的时候我再给你，免得又被哪个有心人拿了去。"可是之后顾念就再也没有见过自己的零花钱了。

何况她明明就只被骗过一次，还是因为当时自己太过年轻不懂世间险恶，而且只是被骗走了一百块，哪有他说的那么严重。

而且，B市一天三四个来回完全不是问题，A市却要在路上颠簸十几个小时还只是不晚点的情况，这就不远了吗？

当然，这些话顾念也就是在心里说说，面对如山中老虎般的妈妈，只能说一切都好听从安排才是最明智的。

顾念完全都没有想到，妈妈训完她之后，却转过身对陈诺说：

"我会让你姐跟你一块过去的。"

于是顾念就这样被妈妈放心地送到这里,还强制性地一定要和陈诺一个系。顾念看了看自己的成绩,一对比根本就只能上陈诺他们系最差的专业。

担心顾念阳奉阴违,在填志愿的当天,妈妈都是亲自过去盯着,直到顾念的志愿提交之后,才放心地离开。

顾妈妈接着说:"这样我们也就没有什么好担心的了,像铺被子什么我早就教过你姐,你可以直接让她帮你弄好,以后哪里不会也可以叫你姐。"

原来早有预谋,明明就是让自己照顾他,还说那么多理由,到底谁才是您女儿啊?想到这里,顾念才猛然间清醒,好像自己确实没有陈诺像她。

陈诺看了看还坐在一旁的顾念,微笑着不说话。只有顾念知道那个笑容是有多么刺眼,冷哼一声,假装自己没有看到。

顾妈妈说到一半像是想起了什么:"你要时刻注意你姐,她脑子不好容易被骗,身边朋友什么的你都要好好把把关,还有一件事,你千万要拦着,别让她谈恋爱。"

听到前面的时候,顾念虽然不认同自己脑子不好,却还是在心里感动着,可听到最后一句,就觉得前面所有的陈词都只是铺垫,重点只在最后一句。

看着你姐,别让她谈恋爱——这对已经被看了八年的顾念来说,简直就是噩耗。

4

一顿饭下来,明明在一开始喊着很饿的夏晓悠却矜持地只吃了一点;倒是顾念,化悲愤为食欲,整整吃了五碗饭。

离开的时候,连肖勇都感叹:"念念看上去挺瘦弱的,怎么食量比我都大!"

顾念哪敢告诉他,瘦弱是被你身边那个总是挂着笑脸的魔鬼压榨出来的结果呢。

陈诺听到那句"念念",顿时眯起眼睛,皱着眉头若有所思地看着肖勇。

回到寝室后,陈诺立即让肖勇跟着自己的辈分叫顾念"姐"。

肖勇当然不知道陈诺隐藏极深的心思,想着顾念本来就比自己大,叫姐好像也没什么,只是有些疑惑地问陈诺,为什么他不叫顾念"姐"。

陈诺淡淡地说:"我只叫比我智商高的人。"

已经知道陈诺就是那个成绩经管系第一的肖勇,被陈诺的这句话把千千万万的理由全都埋在了心里。好吧,你聪明你任性。

等陈诺他们一走,夏晓悠立刻冲到旁边的便利店,买了一大袋子零食。

顾念疑惑地看着夏晓悠,正在思考难道自己点的东西她不喜欢吃,就听见夏晓悠拆开一袋零食,吃了一大口后满足地边嚼边说:"饿死我了,果然淑女不是随随便便就能装的。"

顾念皱着眉头用一种看神经病的眼神看着她:"你装淑女干吗?又没有帅哥在身边。"

"你难道没发现你弟弟很帅吗?虽然知道是你弟弟不能随便染指,但是根据帅哥身边一定不会缺少帅哥的原则,也一定要在你弟面前保持好形象,方便以后他帮我说话。"夏晓悠耐心地解释。

顾念消化了一下她说话,试探地问:"你是说穿着花裤子的肖勇吗?"

夏晓悠惊讶地看着顾念,确定不是自己听错后,反问道:"你觉得他帅吗?"

"不帅。"顾念回答得相当迅速。如果肖勇这时候在,一定会被气死。

# Chapter.3

这位同学,请问你是觉得这样站着不舒服是吗?

1

顾念再一次见到时然是在军训的操场上。

烈日当空,顾念心里已经被一万头草泥马践踏过了,然而面前的铁面教官完全不理会她哀求的眼神,一副"你们谁敢忤逆朕就等着酷刑伺候"的架势,让所有人屈服。

作为助理辅导员,也就是帮老师跑跑腿、监视并带去慰问给学弟学妹们的身份,时然还是很尽职的。至少在顾念看来,他永远都是那个在危难关头救了自己的英雄。

哪怕在夏晓悠眼里时然就是一个屌丝猥琐男,但是顾念还是觉得他很高大威武。不然怎么说第一印象很重要,时然就是活生生的例子。

因为脚磨出了水泡的原因,顾念如坐针毡,不管是站着还是坐着都觉得不舒服。当然，这样的举动早就吸引了铁面教官的注意。

在顾念想要不要换个舒服姿势的时候，铁面教官风驰电掣般地走到她面前，笑里藏刀地说："这位同学，请问你是觉得这样站着不舒服是吗？"

因为妈妈的原因，天生对老师就有恐惧的顾念，被铁面教官这么一问，头早就已经摇成了拨浪鼓。然而，这样的招数在铁面教官那里完全没有任何作用，只听到他御口亲启，云淡风轻地说："站着不舒服那就去动动吧，就围着这个操场跑跑步，算是放松一下。"

这哪里是放松，对于脚已经磨破的顾念来讲，简直就是抽筋剥皮！换作别人恐怕早就甩手不干，但是顾念不同，她就是那种就算万分不喜欢那个老师却还是会异常听话的乖学生。只听她缓缓地开口："跑多久啊？"

教官留给顾念一个帅气决绝的背影，说出的话更是决绝：

"我还没有想好，你就先跑，跑到我开心再说。"

顾念脑子里飞快地闪过这几天教官的面部表情，发现要这个铁面教官开心，她就算是把下辈子的命拿出来一次性用掉恐怕也做不到吧。

在顾念跑得以为自己再也看不见明天早上太阳升起的时候，教官又来到她面前，一副算你走运的语气对顾念说："今天就算了吧，下次再这样，就不只是跑跑步了。"

顾念看着教官离开的背影，就差没有感激涕零了。目送教官离开，顾念也不管跑完步需要缓缓也不管地上的一层灰，直接坐了下去没有站起来的打算。

这时候，时然身披霞光脚踩祥云如自带金光般降临，递给了顾念传说中的时光宝盒———一包姨妈巾。

一见是姨妈巾，顾念条件反射地朝四周看了看，发现整个运动场上，除了她以及面前的时然外就只有几个零零散散的学生，当然没有人会注意一个累瘫在地上头发凌乱双颊通红看不出有半点主角光环的顾念。

顾念眼圈慢慢变热，原来时学长不仅乐于助人，还神机妙算，他怎么知道明天就是自己快要来大姨妈的日子啊？可是这样接过来会不会让学长觉得她不够矜持啊？

就在顾念犹豫到底是伸手还是假装害羞拒绝的时候，时然开口说话了："拿这个垫一下吧，会舒服好多。"

顾念抬起头盯着时然的脸，脸上的嫌弃一闪而过："学长也用过？可是我从来不用这个牌子，我觉得这个牌子的一点都不好用，你下次换一个吧。"

时然显然没有想到顾念有这么多讲究，更加没有想到垫在鞋里面的东西都还要讲究品牌，有些尴尬地解释："我不知道垫鞋子里还有牌子的好坏之分。"

"什么？你说这个是用来垫在鞋子里的？"顾念吓得站起来，显然一下没有消化掉时然的那句话。

"对啊，这是上一届学长教我们的，解放鞋鞋底太薄又硬，第一回穿的话很容易磨伤脚，我上午见你一直在乱动，就猜到一定是鞋子不舒服。"时然也明白顾念刚才是想歪了，耐心地解释给顾念听。

学长果然是高手啊，连这样的小细节学长都能注意到！真是热情又细心的中国好学长！顾念开始在心里总结着时然的各种优点。

2

算起来顾念还是第一次被男生这么关心。这些年来，她身边除了陈诺外，几乎没有任何同龄的男性出现过。

这件事还要从顾念十岁的时候说起，要是可以再来一次，顾念想她一定要奋发图强，不说拿全班第一至少也要在上游待着，不至于经历后面的遭遇……

那是顾念来陈家的第二年，因为重新拥有了一个慈善的父亲，顾念开始了人生最肆无忌惮的日子。有陈爸爸罩着，顾念也不再害怕家里的老佛爷了。

每天放学后一定会和同学在学校周围转上一圈，有时候还会办个家家酒什么的，要等到天快要黑的时候才回到家，那个时候陈诺已经写完作业悠闲地坐沙发上看电视了。

见顾念回来，陈爸爸才会催顾妈妈开始做饭，而顾念也才开始做作业。

就这样颓废了一年后，顾念从班上的优等生变成了倒数十几名。顾妈妈看到顾念手中成绩单上的七十几分，开始和陈爸爸讨论要怎么处置顾念。

陈诺从一旁的书堆里探出头来，笑得一脸天真无邪地说："妈妈，可以让姐姐到我班上来的，不会的题目我们也可以一起讨论啊，这样爸爸妈妈也不用那么操心。"

顾妈妈听了后，一个劲地夸陈诺贴心，然后完全不管顾念的反对在开学的时候，果断地将顾念降了一级，安排在陈诺班上。

那时候的顾念还没有任何危机感，直到老师分座位的时候，陈诺利用一直是年级第一的优势对老师说："我想要和姐姐坐在一起，妈妈说，我们要互相监督。"

对于学霸，老师一般都是采取宽容至上的态度，就像一直以来，差学生谈恋爱就是影响成绩而好学生谈恋爱都只会是共同进步。于是明明个子在班上名列前茅的顾念，开始跟着陈诺一起坐在了第三排，这还不够，每次老师一写板书，顾念都只能把头尽量地往下埋，生怕拦住了后面的同学。

　　因为这件事，顾念和妈妈反映，结果妈妈直接拒绝，不留给顾念任何商量余地。

　　原以为熬过去就好了，没想到这一熬就是八年，一直到高三顾念才摆脱了陈诺。这也就导致了五年级以后，就再也没有人上课和顾念说话，因为只要她上课一说话，陈诺就会大义灭亲地将她和那个同学的名字一起交给老师。

　　到了初中之后，陈诺除了揭穿顾念上课不认真之外，还加了另一份任务就是帮顾妈妈监视顾念有没有谈恋爱。

　　从此以后，顾念就再也不敢和男生说话，生怕又被陈诺抓住把柄。

　　要说顾念为什么这么怕陈诺，当然是靠山问题啊！顾念的靠山是陈爸爸，可陈爸爸又因为顾念小学成绩下降加上女生才是最懂女生的道理，对于顾妈妈的管教从来不多做阻拦。而陈诺的靠山直接就是顾妈妈，这样绝对的优势，让顾念在起跑线上就已经输得一败涂地了。

　　3

　　因为以上的少年遭遇，时然的出现恰好弥补了顾念这八年来的精神缺失。在顾念眼里，时然虽然没有英俊的外貌，但至少风度翩翩；没有优雅的声线，但至少蛮磁性的；没有倒金字塔的完美身形，至少也算威武雄壮吧。

然而在顾念这么和夏晓悠说的时候，夏晓悠盯着顾念看了半天确定她不是在耍自己，伸手探了探顾念的额头发现并没有发烧之后，语重心长地问顾念到底是为什么想不开。

在夏晓悠看来，顾念口中的风度翩翩，不过是因为衣服太大，所以被风吹了起来罢了；至于充满磁性的声音，不过是一副公鸭嗓，听多了会难受；至于威武雄壮，是因为身上的肉太多。

她一脸惋惜地看着顾念，不解地说："你不会看了这么多年陈诺男神之后，美男对你已经没有诱惑力了，所以想不开才觉得时学长不错吧？"

顾念听到她这样说时然，不开心地反驳："时学长哪有你说的这么差，我看明明就很好啊。还有啊，别整天叫陈诺男神，他也没有你想的那么好。"

夏晓悠觉得顾念中毒已深，发誓再也不管顾念这件事情，在她看来，如果为了时然那样的男生和好朋友闹掰，会被全校耻笑的。

自从上次吃饭之后，夏晓悠对陈诺的称呼，就从念念弟弟变成了陈诺小男神。顾念略显无奈，虽然不得不承认陈诺确实长了张诱惑人的脸，但是，不是每一个长得好的人就一定是好人。

## Chapter.4

顾念,我知道我长得很好看,但我还没打算变性。

1

时然拎着一袋卫生巾送顾念到寝室附近就回去了,顾念找了一个隐蔽的地方,立即抽出一片卫生巾垫进鞋里,站起来踩了踩,发现果然舒服好多。

她眼珠转了转,转身去了旁边的便利店。

面对一面墙的姨妈巾,顾念犹豫该买哪一种,虽然觉得垫在鞋子里选最便宜的就好,但还是忍痛买了一大袋平时自己用的品牌,考虑到那家伙脚不小,还贴心地给他选了夜用型。

夏晓悠看着顾念拎一袋足够她用一个学期的姨妈巾,惊讶地问:"听说你今天被罚跑步了,不会跑到大出血了吧!你们教官也太不解风情,怜香惜玉都不知道。"

"你想多了,时然学长送了我一包小天使,告诉我垫在鞋子里脚就不会那么痛了，我用了一下还真的是那样，有好方法我总不能一个人用是吧，特意分享给你们。"说着，她从袋子里拿出姨妈巾，寝室每人一包。

夏晓悠看着自己桌上的姨妈巾，心里虽然感动嘴上却不饶人："这么早就开始帮时学长收买人心了。"

知道夏晓悠对自己是好心，所以顾念也不打算和她计较，拎着袋子里剩下的姨妈巾，风驰电掣般地离开。

有了上一次的经历，顾念进男生寝室简直如入无人之境，微笑着和宿管阿姨打了个招呼，就朝陈诺的寝室走去。

说起来，两个人虽然在同一个系，但自从军训之后就再也没有见过面。这倒是顾念头一次这么久没有见到陈诺，心里暗叹，果然只要一离开陈诺，自己的人生大道即将前途光明。

正听着肖勇说他高中怎么追女生的室友们一见推门进来的顾念之后，纷纷抓着衣服朝卫生间里跑，顾念被弄得一头雾水，将袋子往陈诺桌上一丢，疑惑地问："他们跑这么快干吗？我难道还会吃了他们不成？"

陈诺漫不经心地说："没事，他们只是不好意思在你面前裸奔罢了。"

"他们不是穿了裤子吗？"

陈诺无奈:"你要是觉得穿内裤就算穿了衣服的话,那我以后也可以这样出现在你面前。"

顾念脑补了一下陈诺每天只穿内裤在自己面前的样子,果断地拒绝,又想起自己来的目的,立即从袋子里拿出几包姨妈巾,每个人桌上放了一包之后才回到陈诺这里。

陈诺看了眼自己桌上那几包卫生用品,嫌弃地说:"顾念,我知道我长得好看,但我还没打算变性。"

好不容易可以在陈诺面前仰起头嘚瑟一次,顾念怎么会放过。她傲娇地抓起一包拆开,干净利落地帮陈诺垫在鞋子里,然后一脸"快来崇拜我"的表情看着陈诺。

陈诺看着蹲在地上忙碌的顾念,竟无言以对。

这时候已经穿戴完毕的室友们都回到了各自的位置上,肖勇拿着桌上的姨妈巾研究了半天,也不知道这玩意儿对自己有什么用处。顾念刚好处理完陈诺的两只鞋,看到肖勇拿着自己方才放的小天使,立即热情地过去讲解:"这个垫在鞋子里相当舒服,你看看,陈诺的鞋子。"说着便把陈诺的鞋子拿过来给大家展示。

肖勇接过鞋子看了看,满脸崇拜地看着顾念:"念念姐,你真是太机智了,连这样的方法都能想出来。"

顾念得意地说:"不知道了吧,学着点,你念念姐我知道的可不止这些。"

肖勇夸张地一拱手："念念姐，请受小的一拜，让我这辈子终于有机会用到这种神奇的玩意儿。"

陈诺看着他们俩，万分嫌弃地对肖勇说："你要是喜欢，我桌上还有，你都拿去吧。"

"那怎么行，你爱卫生换得勤，至少一天要用两片。"顾念从陈诺手里夺过小天使，还帮陈诺放进了柜子里。"我只是给他们一个提示，你还有十几天的军训，每天都用吧，舒服。"

面对顾念的热情，陈诺撇撇嘴。在大家都拿出鞋子的时候，陈诺果断地将顾念推出去："我们出去吧，下午还有军训，他们要午睡了。"

"他们午睡你出来干什么啊？"顾念不解地问。

陈诺看了一眼寝室里，鄙视了顾念一眼："脚气知道吧，我从来不在他们脱鞋的时候进去。"

顾念看了看所有人都将鞋子拿在手上，秒懂。因为陈诺本身有洁癖，就连鞋子也是不允许有异味的，所以顾念方才没有注意到，自己拿着的是陈诺的鞋子。

2

次日，陈诺穿着垫了东西的鞋子，虽然内心是抗拒的，但不得不说真的很舒服。他试着动了两下，确定没有意外之后才放心大胆地往前走。看在顾念这么懂事,智商也开始上涨的份上,晚上要不要请她吃一顿好吃的?

可这天还没结束就出了意外,下午的训练是踢正步,还没走几个来回,陈诺的小天使就从鞋子里溜出来了……白花花一片在骄阳下无比醒目。

当时作为标兵站在第一排正中间做着示范的陈诺显然没有注意,他的动作十分标准,一分一毫都是照着教官的指示来的。

教官看见了地上的小天使,面对班上优秀的榜样标兵,只好拍了拍他的肩膀,语重心长地说:"有些东西,不是你用的就不要强求,何况你还不熟练,很容易出意外的。"

陈诺疑惑地顺着教官的目光看到自己脚下之后,整个人感觉自燃了,他脸色铁青却不好发作,只能装作什么不都知道继续训练。

一干室友站在最后看着最前面的陈诺又看看自己脚下,记起今天中午在那里弄了半天才对自己作品表示满意的陈诺,忽然觉得原来自己在这方面的天赋还是极高的。

下午回到寝室,陈诺就气愤地将柜子里剩下的小天使一股脑全丢在了垃圾桶里。肖勇看到后一脸可惜地说:"陈诺,这么好的东西你就这么浪费了,会遭天谴的。"

这时候旁边的室友才哀叹道:"你还是别劝他了,他今天受了严重的打击。"

在陈诺哀怨的眼神中，室友将下午的事情详细地说了一遍。

肖勇听完后，恨不得分享给所有的人，可立即收到陈诺锐利的眼神，硬是将那些即将蹦出口的话全都咽了回去。

陈诺眯着眼睛，想着顾念之前的样子。

她一定是故意整自己的，重点是自己居然还真的相信了她！果然不能和她在一起太久，连带自己的智商都跟着一起下去了。陈诺一边想着自己什么时候智商和顾念一样了，一边打算要怎么对付顾念才算完事。

如果说以前是因为忘记老师说的，所以在做实验的时候将两种物品放错，让自己炸出一室氨气是因为智商问题可以容忍的话，那么这一次，他怎么都无法说服自己，顾念仅仅是因为脑子不好。

顾念知道这件事的时候，已经是在军训之后了。那天，夏晓悠神秘兮兮地说："顾念，老实交代你当初给我们小天使的时候是不是居心不良。"

原来，肖勇为了讨好夏晓悠，果断地出卖了陈诺，只为博得夏晓悠与自己多说几句话，哪里还记得陈诺之前说的不要说出去这样的话。

顾念不可置信地看着夏晓悠一脸受伤："你居然怀疑我，当初你们不是用着挺好的吗？不是还夸我机智吗？"

"那怎么单单只有陈诺男神的出来了呢？"夏晓悠不解地喃喃自语。

　　顾念一听事情和陈诺有关，立即警觉了起来，忙问："什么出来了？"

　　夏晓悠正在思考这件事情的内因，完全忘记了当初肖勇让她不要随意泄露的千叮咛万嘱咐，几乎是脱口而出："就是陈诺在训练的时候小天使从他的鞋子里出来了，还是在全班的面前。"

　　顾念顿时觉得幸好自己当时不在旁边，不然以陈诺的脾气将自己千刀万剐恐怕都不解恨——想当初实验失败的时候，自己硬是帮陈诺抄了一年的笔记才算结束。然而她那么千辛万苦抄完后，陈诺只给了一个评价：字丑。

## Chapter.5

断胳膊断腿都是小打小闹，你哪是这些啊，你明明是脑残啊！

1

话说自从顾念收了时然的小天使之后，时然就再也没有出现在顾念眼前。其实那几天时然有课无法抽身，再加上夏晓悠的极力反对，没有经验的顾念以为时然不爱自己，于是也开始将心里的那份喜欢深藏，想装言情女主苦情一下。

哪知还没让她苦情几天，她就收到了时然的短信。

当时顾念刚刚洗完澡出来，一脸嫌弃地推开还满身是汗的夏晓悠的拥抱，就听到手机提示有一条短信，显示的是一个完全不认识的号码，里面的话也让自己一头雾水——"这几天脚好点没有？"

就这么一句话，顾念心想这让我怎么猜？几乎班上所有人都知道自己脚磨破的事，谁知道是哪一个啊。出于礼貌，顾念还是回了过去："好多了，谢谢关心。"

"那就好,自己要知道照顾好自己,实在不行可以和教官请假的。"

顾念现在更是一头雾水,脑补了一下和铁面教官请假的场景,想也没想回过去:"没事,哪有这么脆弱啊,我能坚持住的。"

"看不出来,你还是这么坚强的女孩啊。"

顾念看着短信犹豫是该回还是不回,这时候临床的夏晓悠已经梳洗完毕准备就寝,看见顾念还在玩手机,随口问道:"顾念你还不睡干吗,明天还要早起呢。"

顾念连忙回了一句:"我先睡了。"

哪知对方相当理解:"那你先睡吧,你们军训确实辛苦,晚安。"

顾念看了一眼,打算睡觉,却忽然如梦初醒,难道……刚才和自己聊天的是学长?受到惊吓的顾念翻身起来,立即问道:"你不会是时学长吧?"

因为顾念的动静太大,夏晓悠迷迷糊糊地说了一句:"顾念,动作轻点,你当自己在梦游啊。"

顾念完全没有理会夏晓悠,只是焦急地等待着对方回复,生怕对方会生气,顾念能够清楚地感到自己的心跳有多快,像是要跳出来一样,才发现原来以前看的那些小说没有骗自己。

时然的短信很快来了,有些遗憾的语气:"这么快就被发现了,原以为还能骗你几天呢。"

知道是时然之后，顾念心中的那团小火苗又开始熊熊燃烧，片刻也不敢停留，立即回复："谢谢学长关心。还有，学长说的那个方法真的很好用。"

"那就好，早点睡吧，你明天还要早起呢。"

顾念看着时然的短信，内心波澜起伏——学长居然关心自己？学长居然在关心自己！秉持着重要的事情说三遍的原则，顾念默默地在心默念了几遍之后，忍不住发出了笑声。

因为这件事，顾念兴奋到后半夜还没有睡着。

2

顾念第二天顶着黑眼圈去了运动场，站军姿的时候眼皮还一直往下掉。

铁面教官看见后，聊表关心地问："顾同学是嫌弃站着太舒服了吗？"

顾念猛地被惊醒，赶紧站了此生最标准的军姿，铿锵有力地回答："没有，只是今天不知道怎么的眼睛突然变小了睁都睁不开。"

念在这几天顾念表现还不错的情况下，铁面教官放过了顾念，转身去抓其他漏网之鱼。

自那天之后，顾念会化身问题宝宝，时不时地给时然发短信，每次只要时然一回复，顾念都激动老半天，却又担心夏晓悠发现，毕竟在夏晓悠看来，时然完全不能和她的陈诺小男神相比，但顾念想，男神也不是一般人能驾驭得了的，像她这种什么都不会脑子还不好的人，时然学长刚刚好。

军训一结束，顾念借口不熟悉学校为由，约时然出来陪她在学校转转。

面对顾念这样简单直白的邀请，时然当然不会拒绝。虽然顾念没有到女神的级别，但好歹也算小家碧玉，楚楚可人，重点是这样的女孩子好像对自己有意思。

应顾念的要求，时然带着顾念在学校转了一圈，心想着作为学长，又请顾念在学校周围的夜市上吃了一顿。

恐怕连时然都没有想到自己这样毫不起眼的招数，早就让顾念心花怒放地在心里给他写了一万字的感谢信了。

没多久，夏晓悠就发现了顾念的变化，以前没课的时候她一定会叫自己给她带早饭，说懒得出去。可是现在，自己每天起来的时候，顾念早就已经不见了人影。

而且每次明明没有晚修的时间，顾念也总是会回来很晚，问她去了哪里，她总是说就在附近转了转。虽然知道顾念有事瞒着自己，但是秉持着尊重人权的原则，夏晓悠还是决定不拆穿她。

终于，在一次下完晚修之后，夏晓悠回来刚好撞见从外面回来的顾念以及送她回来的时然。

夏晓悠终于认认真真看了眼时然,还是觉得他哪里都比不上陈诺,但是无奈顾念喜欢啊,只好硬着头皮打了个招呼。

顾念还在努力想着要怎么和夏晓悠解释这件事,就看到夏晓悠已经将椅子搬到了自己旁边,一副论持久战的架势。

夏晓悠开门见山地说:"你和时学长在一起了?"

顾念摇头。

夏晓悠又问:"那他是在追你?"

顾念继续摇头。

夏晓悠无奈:"你摇头是不知道还是没有?"

顾念想了一下,郑重地说:"我不知道,他也没说。"

"那你们现在是什么情况?"

顾念想了一下,羞红着脸问道:"你难道看不出来是我在追他吗?"

夏晓悠惊恐地说:"你是受了什么刺激啊,说出来姐姐帮你解决掉,只求你不要这么想不开。"

见顾念一副完全不想听自己说话的样子,夏晓悠开始苦口婆心对其洗脑道:"你不觉得肖勇都比时学长好吗?听说陈诺小男神的眼光很高,怎么你们生活了这么久居然没有学到一点点呢。"

顾念觉得夏晓悠对时然有偏见,于是开始细数时然为自己做的这些事情，结果却只得到了夏晓悠的一句总结："所以说，只是因为他帮你搬了行李，你就心生爱慕？"

顾念想了一下，觉得好像还真是这样。

"你的爱好肤浅啊。"夏晓悠皱着眉头说，"那陈诺小男神这么多年都在忍受残疾的你，你怎么不感谢一下他呢？"

顾念不解地问："我有残疾吗？难道说我失去知觉了，连自己断了胳膊断了腿都不知道？"说完做出惊恐状。

夏晓悠叹了口气："断胳膊断腿都是小打小闹，你哪是这些啊，你明明是脑残啊。"

顾念："……"

3

学校决定举行元旦晚会，每个系至少要出一个节目，为照顾理工科男生较多的经管系，系里面给的通知是：每个班都要出一个节目，最后至少要有三个节目报到院里面，不追求质量最好，但求数量最多。

面对系里这样不近人情的规定，各班班长和文艺委员开始绞尽脑汁，不指望赢到最后，只希望能够交差。

就在顾念还在和夏晓悠聊着晚上去哪里吃一顿的时候，班长完全顾自己是男儿身，一口气不带喘地直接冲上五楼奔向顾念的寝室，把当时只穿着吊带超短裤的夏晓悠吓得连吃东西的欲望都没了。

哪知班长直接无视夏晓悠，冲到顾念面前单膝跪地，牵起顾念的手酝酿着情绪，画面一片温暖美好，只差男主角开口表白……

匆忙加了一件T恤的夏晓悠从一旁乱入，用力地抽出顾念的手很护犊子地说："有事说事没事就走，我们家念念的手是你们随便想牵就能牵的吗？"

班长站起来收回手，尴尬地咳嗽了一声，一脸诚恳地说："顾念，我听说你会弹钢琴，系里面说我们班要出一个节目应对学校的元旦晚会，我们全班都觉得你挺好的。"

顾念的钢琴还是八百年前学的，现在早就忘得一干二净了。但面对班长充满哀求和渴望的眼神，她又不忍心拒绝，正在犹豫的时候，夏晓悠惊讶地问道："念念，你什么时候学过钢琴啊？"

顾念有些不好意思地说："小学二年级。"

夏晓悠忍着笑，朝顾念竖起大拇指："厉害啊，从小就有艺术细胞。"

顾念很诚实地说："小学二年级学过一个学期之后，老师就再也不让我去了，说我影响了其他同学。"

"那怎么办，我们班上所有的女生都不愿意去，现在连你也……"班长绝望地扶额叹息，"难道老天真的要我披甲上阵吗？"

夏晓悠一副不是自己完全不用慌的模样，安慰地拍了拍班长的肩膀："虽然我们念念钢琴不行，但是我们念念可以唱歌啊。"

班长已经暗淡下来的眼睛瞬间发光，自顾自站起来转身就走，出门之前留下一句话："那就让顾念一个人独唱吧。"

这事，就在顾念毫无反驳之力的时候，被定下来了……

从此以后，顾念除了有事没事和时然吃吃饭聊聊天，又多了一件事，那就是练歌。在夏晓悠的监督下，顾念每天晚上在寝室认真地练歌，刚开始她还担心大家会有意见，没想到寝室的其他两人很是认同，任由顾念在那儿声嘶力竭。

顾念一脸抱歉觉得自己打扰到了她们，没想到她们不但没有怪她，反而鼓励她：加油，看好你！

真是中国好室友！顾念真是被大家浓浓的友情感动得热泪盈眶，更加努力地拔高声线竭力嘶喊。

室友们每天被噪音荼毒，却不敢反抗，这里面有个不能戳穿的秘密：原来在顾念不知道的情况下，班长曾经找过她们，但均被两人拒绝，同时两人还给出了班上线索……这也就是当初班长为什么知道顾念会弹钢琴的原因。

## Chapter.6

你难道没有听说过好身材就是拿来秀的吗？就像恩爱，不秀大家怎么知道呢！

1

肖勇不知道抽了什么风，一进寝室就开始幽怨地嘶喊《贵妃醉酒》，而且还有着不到黄河终不悔的决心，室友们见劝说无效，直接选择了捂着耳朵离开，走得那叫一个洒脱绝情。

而本来只是单纯地想在寝室学习的陈诺，因为懒得出去，被迫成了唯一的听众，听着肖勇在寝室鬼哭狼嚎地单曲循环了一晚上的《贵妃醉酒》，那两人临走前还打电话告诉陈诺，等到肖勇什么时候恢复正常再通知他们，他们好隆重地盛装而归。

要不是陈诺实在不忍心打击肖勇，估计现在早就将肖勇损得无脸见人了。毕竟身边已经有一个顾念供他消遣，没必要再招惹别人。

但看着自己从下午五点一直到现在没有再翻动过的那本书，

看着本子上至少写错了十次的笔记，而且每次写的都是"爱恨就在一瞬间"，他真怕到明天自己也就变成杨贵妃了，在酝酿了多次之后，终于开口——

"肖勇，我看今天挺凉快的，这么好的天气，我觉得你有必要出去走走。"

肖勇一脸疑惑地看着陈诺，似乎不明白从回来后一直在看书的他是怎么知道外面天气的，他的桌子离窗户这么远，难不成还有千里眼？然后又看了看外面，确定外面正飘着自从开学以后的第一次小雨，这样的天气哪里好了。

肖勇脑子灵光一现，难道说陈诺喜欢在雨中漫步，真是有浪漫情调，还是和自己……羞耻感油然而起，他立刻娇羞捂脸跺脚道："小诺诺，你再这样说，人家会误会的啦。"

看到他这样，陈诺忍不住倒抽一口凉气，强行吞下想要吐出来的欲望，沉声道："我只是怕下面的阿姨就算是看在我的面子上，恐怕也只会把你送去一个比较好的精神病医院，没有他选。"

"哎呀，小诺诺，你这么说人家人家可是会生气的呢。"肖勇僵硬地翘起兰花指，说完后装作害羞地捂脸转身。

陈诺平复了一下差点被吓出来的心脏，拿起手机淡定地说"你要是再唱下去，我一定会立马帮你打电话。说吧，你自己最想去哪家医院。"

肖勇一脸幽怨地转头看向他："小诺诺，你还不知道吧，我们的念念姐即将登上学校的舞台，然后用她独特的魅力吸引着全校的目光，虽然不知道念念姐唱得怎么样，但是想到念念姐热于助人的性格，我就觉得应该去捧场的。"

　　"好好说话。"

　　这几个字几乎是陈诺咬着牙齿说出来的，他怕自己会受不了直接上去掐死他。

　　终于在陈诺的威严压迫之下，肖勇回到了正常模式，声音粗而无起伏："听说你们系每个班都要出个节目来应对院里面的元旦晚会吧。"

　　陈诺白了他一眼，觉得这事好像和他没有什么关系："然后呢。"

　　肖勇终于说出了原因："念念姐要代表他们班在你们系里参加选拔呢。"

　　原来，肖勇发现最近夏晓悠经常一个人去吃饭，立即感到自己的机会来了！以前夏晓悠做什么都会拉上顾念，不然就不肯出来，现在居然愿意一个人出来了，莫非是被顾念抛弃了？这一现象立马点燃了肖勇那颗爱意汹涌的内心。

　　一打听才知道原来顾念每天晚上都在练歌，以求达到班长说的为班争光。

关于元旦晚会的事,其实肖勇还是知道的,当时他还满怀信心地去参加海选,结果由于体育系的精兵强将太多,完全没有他露脸的机会,只能悻悻而归。

一听顾念居然能够参加,顿时对她的情感上升到了崇拜的阶段,于是决定再接再厉现在开始练歌,以求明年的表演机会,但是没想到室友们居然这般不支持自己。

2

陈诺听说顾念要参加系里面的选拔,勾起嘴角笑着转身拎起水桶带着衣服朝澡堂走去,留下还在继续哼《贵妃醉酒》的肖勇。

刚到澡堂的大门口,就遇到同样来澡堂的顾念。

顾念一副遇到同道中人的样子拉着陈诺说:"你们寝室也停水啊?"

陈诺白了一眼顾念。

"我今天换个地方不行吗?自己寝室停水就巴不得全世界都陪着你们一起停水是吧。"

顾念撇了撇嘴,转身朝旁边的女生浴室走去,没走几步又回头来问陈诺:"你不是一直很嫌弃别人看你……吗?"

"你难道没有听说过好身材就是拿来秀的吗?就像恩爱,不秀大家怎么知道呢?"说完,陈诺得意地哼着《贵妃醉酒》离开,留给顾念一个傲娇的背影。

　　就算躲在最角落，陈诺也觉得这个澡洗得很不爽，他实在不习惯这样的公共澡堂。

　　当天晚上，陈诺就领教了什么叫不作不死……洗完澡一回去就看到楼下阿姨在贴告示，过去一看，告示内容如下：因为寝室的供水系统换新，这段时间除了一楼的保卫室外，其他寝室均会发生停水情况，请同学们提前接好水，做好相关的应对措施。

　　陈诺看着告示，想着自己晚上才跟顾念说的话，可算知道了饭可以乱吃，话不可以乱说的道理。

　　当顾念遇见陈诺的时候，已经从肖勇那里知道了停水这件事，摆出一脸"你不要说，我理解"的微笑，让陈诺咬牙切齿。

　　"听说你要参加系里面的选拔，参加学院的元旦晚会？"陈诺挡在还顶着一头湿发的顾念面前，鼻尖的气息是她身上散发出的清新香味。

　　顾念放下水桶，摆出自认为最有气魄的表情，用一副理所应当的语气炫耀道："怎么，不行啊。"

　　"就你？你们班上已经差到只剩下你这种跑调都能绕地球一圈的人了吗？"陈诺笑。

　　顾念莞尔一笑，凑近陈诺，一字一顿地说："某人好像忘了，是谁把我的那只小乌龟唱到'七窍流血'而死的。"

说起这件往事，陈诺就来气，当初他参加学校的大合唱，是代表学校参加市里比赛的，一天下午不知道顾念从哪里弄来了一只小乌龟，结果第二天就突然"七窍流血"而亡，顾念觉得那天晚上并没有发生什么大事，于是硬将原因归结在陈诺身上，说一定是他唱歌太难听，所以唱死了她可爱的小乌龟。

　　小乌龟死了就算了，结果顾念第二天还在班上到处说陈诺唱歌唱死了她一只小乌龟，于是谣言以不可遏制的事态发展……不到一天，整个学校都知道了这件事。

　　直到陈诺甩手放弃了大合唱，才慢慢平息了下来。

　　陈诺眯着眼睛，顾念能够明显地感到他眼里闪过的杀气，下意识地缩了缩脖子，却听见陈诺面露微笑轻声说："可是我不想和智商还留在原始社会的人比赛，输赢都是毫无悬念的。"

　　顾念反应慢半拍，在脑子里转了半天才明白过来里面的意思，不可置信地问道："你不会是也要去参加比赛吧，你们班居然是你？"

　　陈诺赏了顾念一记白眼，一副舍我其谁的模样反问："你觉得还有比我更厉害的人吗？"

　　顾念望着陈诺远去的背影在后面愤愤不平，转念一想又觉得不对，凭什么自己每次都要看着他的背影，跟在他屁股后面啊？于是提着水桶飞快地冲到陈诺前面，经过陈诺的时候还骄傲地扬了一下下巴。

陈诺看着顾念嘴角微微勾起，宠溺的眼神一闪而过，叹了口气无奈地摇了摇头。

3

顾念以为陈诺只是图口头上的快活才会在自己面前说那样的话，结果没想到陈诺真的参加了，当顾念在赛场遇到陈诺的时候，惊讶得嘴里可以塞下两个鸡蛋了。

要知道，自从那次之后陈诺就再也没有参加过这种活动，哪怕每次老师那么不死心地邀请他。

看陈诺一脸傲慢地走在前面，顾念冲着他的背影做了几个鬼脸之后也装作优雅地走了进去。

跟在陈诺后头的肖勇，抱歉地朝顾念鞠了一躬之后，一脸遗憾地说："念念姐，虽然我是爱你的，但是你也知道作为陈诺的家属，我不能背叛他，你说你们为什么要将我陷入这样两难的境地呢。"

还不等顾念回复，刚下了课赶过来的夏晓悠一把推开肖勇，强行挤在两人中间坐下，用身体阻隔他们："走开，陈诺什么时候有你这样丢脸的家属了，还有，不要随便干扰我们家念念。"

由于他们俩的表演都排在后面，看了前面的一干班级表演之后，顾念心里底气好像多了一些。这时陈诺从后面探出头喊了一声顾念，对她说："这一群都是你从外太空带过来的伙伴吧，调比你跑得还远。"

顾念冷哼一声，说了声"幼稚"转过头去不打算理他。

就在领导们都快睡着到时候，顾念以一首清新优雅的《在那东山顶上》瞬间打动了一干已近不惑之年的系领导，唤醒了他们眼中的光芒，果断入选。

至于陈诺，亮出了平时从不显山露水的钢琴水平，据顾念所知，陈诺已经不弹钢琴好多年了，但可恨的是怎么一出手还是那么专业！全场都惊了个呆。

趁着陈诺表演的时间，顾念打电话问时然有没有吃饭。本来已经吃了饭的时然想了想说没有，毕竟这么久以来还是第一次被一个女生追得这么紧呢。

用夏晓悠的话说，顾念现在的职业就是三陪，陪吃、陪聊、陪上课。

当然在顾念看来这些都是不够的，现在已经在爱河中畅快游泳的她完全不在乎这些；只有夏晓悠认为，她早晚有一天会淹死在里面。

陈诺表演完,顾念就过去问:"你什么时候背着我偷学了钢琴啊?"

陈诺鄙视地看了一眼顾念,凑近她耳边。顾念觉得这样耳朵痒于是闪身躲过,陈诺气不过说道:"要是所有人都像你一样学什么忘什么,那每天起来就都是美丽新世界了。"

顾念一副没心没肺的样子:"美丽新世界有什么不好。"说完,哼着ＳＨＥ的《美丽新世界》拉着夏晓悠大步流星地去等结果。

只是顾念哪里知道,这其实是陈诺得知顾念要参加元旦晚会之后才重新去练的,几年没有触摸钢琴,怎么可能没有一点点生疏,但傲娇的陈诺怎么会让顾念知道这种事呢。

## Chapter.7

小的这就把自己呈给你，随你搓圆揉扁。

1

顾念原以为系里面的节目初审不需要多少时间，哪知最后却让她等了整整两个小时，现在她就差没有饿得前胸贴后背了，心里暗暗庆幸，幸好是后面才给时然学长打的电话，不然恐怕时然学长都等得不乐意了。

转身看到一旁的夏晓悠，前半个小时还在鬼哭狼嚎地喊饿，现在已经连号叫的力气都没了。

顾念打电话告诉时然说自己这边已经结束了问他还出不出来，时然说马上就来，只是顾念没有想到时然说的马上就来是直接来艺术楼门口。

正当顾念和夏晓悠商量着去吃什么的时候，一出门就看见了等在外面的时然。时然憨厚地笑着说，女孩子晚上在外面不安全，所以过来接她们。

夏晓悠用眼神嫌弃着腹诽着，你确定让你来接念念就是安全的？而顾念此时心里赞叹着甜蜜着：时然学长的贴心简直就是无微不至啊。

陈诺还在疑惑为什么顾念走到前面就不走了，跟过去一看发现原来顾念在那儿和人说话，只是面前的男生……陈诺抽了一下嘴角，故作亲密的样子搭着顾念的肩膀，用不算很大但却足够大家都听得到的声音说："念念乖，哥哥带你去吃大餐。"

顾念本来因为那句念念乖想无情地甩开陈诺，但听到他说请吃大餐，瞬间掐断了自己想法，笑颜盈盈地说："好啊好啊，哥哥打算带我们吃什么啊？"

一旁的夏晓悠被两人这样的对话惊得一把抓过肖勇的胳膊，才勉强控制住了自己的情绪，直到肖勇实在忍受不住才一脸委屈地提醒夏晓悠："女神，疼……"

那一句拖着长长尾音的疼，吓得夏晓悠立马回过神来，看着陈诺顾念春风得意地互飙演技，即便她心里已经被一群羊驼践踏过了也不好发作，只好转身怒斥肖勇："吃饭就吃饭，你在那儿娇喘干什么。"

这时候，顾念将陈诺搭在自己肩上的胳膊给暗掐着放下来，学着夏晓悠的语气说："说话就说话，别一见面就动手动脚。"虽然早就知道陈诺比自己高了好多，但是还是不能忍受他这样随意地展示自己的优势，要知道以前可是只有她搭他肩的份呢。

陈诺低头看着顾念，从鼻子里抛出一个音："嗯？"

顾念立即机智地反应过来，赔笑道："陈大帅哥请吃饭，您想动什么都行。"说着双手平举过头顶，"小的这就把自己呈给你，随你搓圆揉扁。"

一旁的时然有些尴尬地咳了一声，来提醒大家自己还在。

还是肖勇最先反应过来，指了指时然问道"晓悠，你们认识？"

放在以前，夏晓悠一定会说，晓悠是你叫的吗！但是今天听见肖勇这么问，立即想要拉一个同道中人过来，连忙介绍："大二的学长。"说完又觉得这样说好像还不够，于是补充，"就是告诉念念小天使用法的那个。"

肖勇立刻抱拳行礼："原来学长才是世外高手啊。"

时然被夏晓悠这么介绍弄得很尴尬，见肖勇如此隆重地行礼，他只得嘿嘿笑了两下。

2

几人去了常去的那家饭馆，换作以前陈诺一定会让顾念来点菜，可今天他心中有气偏偏就不让她点单，眼见菜单都到了顾念面前都被他无情地抽走传给后面的肖勇。

肖勇一脸愧疚地看着顾念，好像自己抢走了顾念的男人一样。

顾念气愤地放弃，行，你是金主你厉害，不就有个臭钱嘛，有什么好得意的。她当然知道陈诺在生气，但是她搞不懂陈诺有什么好生气的，自己不就是找了个人一起吃饭吗？大不了他也找一个人一起来吃啊！喊，小气。

"还没做自我介绍呢，我叫时然。"一旁的时然笑着转移话题，很显然是在找存在感，自从陈诺来了之后所有人都开始忽略他了。

陈诺像是故意没听到一样，盯着顾念问："他是谁？"

顾念看了眼陈诺，显然还在为刚才的事情生气，一脸不情愿地回答："你又没聋，他不是都已经做了自我介绍了嘛。"

陈诺这才看了一眼时然，显然对他并没有什么兴趣，转过来继续问顾念："我知道，我是在问你。"

顾念无奈地叹了口气，心道今天你还没完了，却还是答道："时然，时间的时，然后的然。大二的学长，开学那天遇到的，人特别特别好，还帮我搬了行李呢，还有什么要问的吗？"

陈诺皱着眉头，显然对顾念的回答很不满意："我要知道的不是这些。"

"你想知道我就要说呀？我饿了！"当着时然的面，她总不可能说是自己喜欢的人吧，只好放软态度在陈诺面前认个怂。

陈诺知道她是真的饿了，也就没有继续追问。

整顿饭都处在陈诺的低气压下，但除了顾念一直觉得他会突然跳起来吃了自己外，其他人还是吃得很欢乐的。

可即便在这种情况下，顾念还是没有忘记讨好时然，一直帮时然夹菜，就连一旁的夏晓悠都看不下去了，忍不住说："顾念，你再秀我保证让肖勇把你丢出去。"

听到有人提到自己的名字，肖勇立即坐正，但是听到后面那句话，瞬间蔫了下去，谨慎地观察着陈诺的表情，见陈诺并没有说什么，立即默默地往夏晓悠碗里夹菜："没事，我们也可以秀。"

顾念想到之前陈诺的话，干脆得意地朝陈诺微微一笑："不秀大家怎么知道呢，对吧，陈诺。"

这么多人在，陈诺强行忍住自己想把她拎起来打一顿的冲动，只能握紧筷子，当作没看见继续吃饭。

3

回到寝室后，夏晓悠又开启了她的花痴模式，360度夸奖陈诺。顾念不得不塞上耳机听歌，感觉夏晓悠说得差不多了才摘下耳机，果然一摘耳机就听到夏晓悠在做最后的总结陈词："我生君未生，君生我已老。哎！你说我为什么就是比陈诺小男神大呢。"

这时，夏晓悠的QQ提示有一条新消息，惊讶地发现那人是肖勇。

"以下我问你的都不要告诉顾念，顾念是不是喜欢时然？"

夏晓悠点开消息后，顾念早就已经拿着衣服去卫生间沐浴去了。夏晓悠做了激烈的心里斗争后缓慢地回复："据她自己说是这样的，不过我觉得她应该就是图一时新鲜。"

"她为什么喜欢时然？"

虽然夏晓悠很不想出卖顾念，但是想到肖勇可能会成为自己的同道中人，就是都不喜欢时然的人，顿时觉得有一个人可以一起吐槽一下总比自己一个人憋着好，于是立即回复道："她说因为时然帮她提了一个行李。你说那人傻不傻，还跟我说什么一见钟情，就时然那样居然还会对他一见钟情，我最近一直在研究顾念是不是眼睛有毛病。"

"不用研究，她眼睛一直有毛病。"

夏晓悠讶然地看着肖勇发过来的消息，突然觉得 QQ 里的肖勇和陈诺小男神一样帅了，连说话都让人莫名心动。夏晓悠思考了半天终于谨慎地问："你去我小男神那里偷师了啊，今天说话怎么跟他一样一样的；还是今天那顿饭你吃得太多，已经撑到药石无医了？"

陈诺看着夏晓悠回复过的话，将手机递给肖勇，面无表情地说"我已经知道了，就不打扰你们继续了。"

肖勇一把拿过手机，手指飞快地在屏幕上来回点点戳戳。

过了一会儿听见肖勇哀号:"为什么我找她,她就不和我聊了呀?"

陈诺不忍心地看着肖勇,顿了一下说:"你继续用她小男神的语气说话试试看。"过了一会儿,又转头过来问肖勇,"不过你先要知道她小男神是谁。"

肖勇眼中的悲切犹如熊熊烈火席卷荒原,痛心疾首道:"她的小男神就是你。"

陈诺一副后知后觉的模样:"那就不能怪她为什么会跟我说这么多话了。"看到肖勇一脸幽怨地看着自己,又忍不住解释,"这也不怪我,我让你帮我打听,你说你不是那种八卦的人,那我就只好自己去了。"

"那你也不能趁我洗澡的时候拿我手机去问啊,这跟我自己问有区别吗?你为什么不用自己的号啊?"肖勇愤慨道。

陈诺把自己的手机递给肖勇:"你觉得我能问出东西来吗?"

原来陈诺本来是打算加夏晓悠自己问的,结果一加QQ发现两人已经是好友,点开才发现里面的内容全是夏晓悠每天发过来的早安晚安,以及当天的天气应该穿几件衣服……

天真的夏晓悠以为可以这样装作一个小小的透明粉丝,默默地存活在陈诺的身边关心着他,而在现实中继续当聪明机智的晓悠姐……却没有想到,就在十分钟之前自己的QQ已经光荣地暴露了,而且还被陈诺把备注改成了"晓悠姐"。

肖勇恨不得上去掐死陈诺，他难道就不会骗一下自己吗，还这么简单粗暴地给自己看，不知道自己会伤心难过吗？

陈诺接着不死心地解释"关于晓悠姐，放心，我没有任何兴趣。至于顾念的事情，你以后打听到了记得第一时间告诉我。"

"为什么？难道你对念念姐……"

陈诺打断道："没有为什么，因为我身负重任，我妈说女孩子不要太早谈恋爱。"

肖勇皱着眉头看着陈诺，脸上写满了不相信，却也没有继续问下去，但他直觉今晚的陈诺有些不对劲。

夏晓悠发现自己刚发完那句话过去，肖勇就一秒变回了之前的样子，一低头看着屏幕上发过来的一长串表情包，默默觉得：如果是前面那个肖勇，其实挺好的。

## Chapter.8

先人有训: 男女有别, 我们这样不好!

1

初审的结果出来, 顾念的班长就差没向全世界昭告: 顾念过了!

当全班都在迎合班长的激动的时候, 顾念在一旁幽幽补充"领导都说了, 节目太单调, 要是只唱歌的话二审肯定过不了。"

班长转头笑得一脸憨厚: "要不你连唱带跳吧。"

顾念果断地给了他三个字: "不可能。"

班长又幽怨地看着她, 伤心得只差流泪了: "那怎么办, 我们都已经黔驴技穷了, 你可是我们班的希望啊, 要是离了你, 我们班就即将走向末日的终结篇, 你就真的忍心……"

顾念实在听不下去了, 打断他的话搪塞道: "知道了, 我会加油努力, 把我们班推向胜利的巅峰。"

下完课回到寝室，顾念开始忽悠寝室的两个室友和自己结盟创个组合。夏晓悠不屑地翻翻白眼："您老还真打算走上艺术那条漫长的万里长征啊？"随后又上下打量了下顾念，一脸惋惜，"可你这个样子就算奋斗一辈子也不能有什么前景吧。"

顾念扁了扁嘴，愁苦道："领导说我的节目太单调，不加新意可能过不了二审。"

夏晓悠拍了拍顾念的肩膀叹口气，脸上表情加大加粗的体现四个字：爱莫能助。

陈诺听说顾念的节目有可能会过不了二审的时候，已经是一个星期后的二审现场，他瞪了肖勇一眼，意思是这么大的消息竟然没有提前打听到！

肖勇立刻委屈地解释："晓悠最近完全就没有说过念念姐的事，我怎么知道有这样的事啊。"

陈诺坐下时顺便在旁边占了个位置，肖勇还以为陈诺是帮自己占的，哪知屁股还没有坐下去就听见陈诺说："乖，你的规格还达不到这个座位的标准，去旁边坐吧。"说完指了指自己另一边的位置。

肖勇看了眼旁边的板凳，又看了看陈诺占的那个皮椅，一脸愤怒，凭什么自己千辛万苦陪你来结果却要坐冷板凳，你却坐着仅剩的两张皮靠椅，这绝对是赤裸裸的报复！可是明明遭到了这么不公平的待遇，自己却还是不敢对他发火呢。

几分钟后，陈诺将顾念召唤过来，示意她坐自己旁边空出来的皮靠椅。

顾念庆幸地说："想不到我来这么迟居然还有位置啊。"

陈诺盯着已经开始了的二审，轻声道："你不是都已经拜了第十二个生肖做师傅了吗？为什么还要拜一只一万年为师呢。那你不干脆等结束了再来，上面领导坐的位置都是你的了。"

顾念一听陈诺拐着弯骂自己是龟徒弟，刚想发作就听到陈诺又接着说："你要是拎着你的环保袋一起走了，我保证这个位置在三秒钟之后就有了主人。"

她往陈诺旁边一看，只见坐在板凳上的肖勇早就已经蓄势待发，只等自己一离开就坐上去的架势。

她只好装作没听见一样继续坐在那里，即便如此她还是很小声地反抗道："早到了不起啊，那个手提包可是我花了120元买的，不是什么环保袋。"

……

由于顾念没有拉拢到别的人来弥补自己节目的单调，一表演完领导们的表情都比较复杂。

顾念一脸忐忑地注视着领导，完全不知道旁边的陈诺也一直盯着她在看。等顾念感觉不对劲转过来时，陈诺已经在看下一组的节目了，嘴里淡淡地说："还没到结果出来，没必要提前这么难过的。"

她还来不及回味一下来自陈诺的安慰，就听到旁边又传来清冷的声音："你应该高兴，以你史前人类的智商也能战斗到现在。"陈诺说完就起身，居高临下的冲她轻轻一笑。顾念一晃神之际，他已经长腿迈开了，他的节目要开始了。

顾念盯着陈诺矫健的背影，恨恨心想：凭什么我一个人就不行，陈诺就可以？！凭他比我长得漂亮吗？长得漂亮就能当饭吃啊，哼，肤浅的人类！

等陈诺表演完，所有的节目也差不多都结束了，领导们开始进行着激烈的探讨，讨论来讨论去似乎意见不够统一，最后派出一个代表说："有些节目我们还有一些争执，得回去好好讨论一下，明天再通知大家结果。同时感谢大家能够这么积极地参与。"说完扫了一眼顾念，顾念只觉得眼神里饱含着对自己即将离开的惋惜。

"不要想太多，领导只是觉得盯一个地方太久眼睛酸。"陈诺当然知道顾念在想什么，出言宽慰道。

为了不让陈诺看出自己内心的失落，顾念简单跟陈诺打了个招呼之后，提起包就往外面走得那叫一个洒脱。

肖勇看了看顾念离开的背影又看了看还在原地的陈诺，刚想开口，就听到陈诺说："你和顾念一起回去吧，我还有事。"说完起身离开。

2

陈诺回到寝室就看见肖勇鬼鬼祟祟地凑到自己身边，一脸谄媚地说："我听你的话和念念姐回去，你猜最后怎么着？"

"她和时然回去了。"陈诺淡定地回答。

肖勇受到了惊吓，不可置信地问："你怎么知道？"

陈诺不打算在这个问题上和他纠缠，说了一句"我看到了"就转身做题去了，此刻的他只想忘掉这些不重要的插曲——

想想自己生怕她淘汰，单独去找领导，还没追上领导呢，就看见她蹦蹦跳跳地跟着时然走了……果然是只白眼狼，养了她这么多年，她居然连声招呼都不打直接就这样抛弃他。亏他还为她想这么多呢。

一直以为自己没有过二审的顾念，灰头土脸地回去教室，根本不敢面对同学。但是班长一脸得意地挡在她面前，将她上下打量了一番后一边点头一边赞赏："我果然没有看错人。"

顾念本来打算说出口的抱歉硬是变被这句话弄得满脸诧异，难道班长早就知道我会被淘汰？那之前又何必为难我呢！

"班长，我知道我对不起组织，对不起群众，对不起社会，对不起党……"顾念闭着眼睛将自己能够想到的话一股脑地全说了出来。

班长被顾念弄得满头雾水，打断道："天啊，难道你做了伤天害理的事？不会还报了我的名字吧？"

顾念惊讶地停下，难道说不是因为自己没有过二审的事？那会是什么啊？！

就在两人面面相觑的时候，陈诺刚好来找顾念。算起来这还是陈诺来大学第一次主动来找她。

陈诺鄙视地看了一眼顾念："带上你那还不足10的智商跟我走，别在外面丢人现眼。"说完拉着顾念离开。

被活生生忽视的班长不甘心地喊道："我还有事要和顾念说。"

"不必了，我会帮你说的。"陈诺头也不回地回答。

班长看着系里大家公认的男神拉着顾念离开，完全忘记了自己是带着任务来的，满脑子都在猜测他们俩……

等顾念回过神来，已经被陈诺拖着走在去音乐教室的路上了，顾念想要挣脱陈诺的钳制，无奈陈诺握得太紧，尝试了几次失败后终于弱弱地开口："你能先把手松开吗？"

陈诺回头瞪了她一眼，并没有放开她的手，只是抓着她的力度明显减小。

顾念硬着头皮说:"我们这样会被人误会的,虽然我们是姐弟,但是先人有训:男女有别,我们这样不好。"

陈诺停下来松开抓着顾念的那只手,转过身盯着顾念看了许久,忍不住撩了撩她刚被剪短了一点点的头发,似笑非笑缓缓道:"你确定你看上去像女的?"

不等顾念回答,又重新牵起顾念的手往前走了,这一次,是十指相扣。

顾念用那只空着的手理了理头发,心叹:明明就还能扎起来啊!

但是她没打算自讨没趣地和陈诺争辩,反正每次只要自己剪一点点头发,陈诺都会这么说。

她无奈地看了看被扣在陈诺大掌中自己白皙的手,在心里安慰道:没事的虽然陈诺现在大了,但是小时候也应妈妈的要求牵着陈诺过马路……虽然每次都会被陈诺甩开。

3

一直到教室,顾念才看到陈诺给自己发的短信,大致意思就是让她来音乐教室找他。但是因为她上课手机调了静音一直放在包里没有拿出来,下课后和同学聊了一下天,出来后又被班长叫住,根本就没有时间看手机。

一到教室门口,陈诺就松开了顾念的手,径直朝里面走去。

顾念看了眼手机,问道:"你发短信让我过来干吗?"

陈诺直接无视她,冷哼一声走到钢琴前坐下。

顾念不明白为什么陈诺最近火气这么大,每次都是一副欲求不满的样子,动不动就闹脾气。见他已经开始弹琴键,完全没有理会自己的打算,她灰心丧气地戳着琴键说道:"你叫我来就是让我看你弹这个东西?我被淘汰已经很难过了,你就算是想要炫耀,也不用这么追求时效吧。"

陈诺终于抬头反问:"谁说你被淘汰了?"

顾念叹叹气:"我猜的。"脸上写满了"我是如此聪明"。

陈诺无奈地呼了口气,不准备再打击顾念:"系里面说,你唱歌太难听,要我用琴声来提升一下档次,于是委屈我和你出一个节目。"

陈诺说完,没想到顾念半天没有动静。

就在陈诺以为自己的话对她刺激过头之际,顾念笑着飞一般扑到他怀中,嘴里嘟囔着:"陈诺你真好,原来你只是给我伴奏的啊。"

陈诺毫不留情地推开她,嫌弃地说:"收起你那显而易见的愚蠢,我现在还在猜测领导到底看上你哪点,居然让我和你一起出节目。"

顾念现在一点都不介意陈诺打击自己了,被陈诺推开后就开始兴奋地转圈,原以为以自己的实力一开始就被淘汰,没想到这样也能杀进最后。

在那里转了几个圈之后,忽然撞到了旁边的桌角,才从方才的兴奋中收回了魂魄,吃痛地叫出声。

听见顾念喊痛,陈诺立马从椅子上站起来,但是看见顾念龇牙咧嘴一瘸一拐地走了过来,想着应该没事又坐了回去。

顾念走过去问陈诺:"我们要表演什么?"

"你唱歌,我弹琴。难道你还想表演胸口碎大石?"说完,他看了顾念的胸一眼,"你确定你的胸再碎一下石头,不会从平地变成盆地吗?"

顾念闻声低头看了看自己的胸,不方便解释自己的胸围只得骄傲地挺了挺,心想:好歹自己也是 B 罩杯,哪有他说的那么惨。

没想到陈诺连看都懒得看一眼,将几首曲子摆在她面前,示意她随便挑一个。

顾念随便扫了一眼发现全是英文歌,相当不满意,问陈诺能不能自己选一个。

陈诺只是看了顾念一眼,眼里的杀气汹涌澎湃。顾念下意识地缩了缩脖子,敷衍地摆了摆手,说:"行,你是老大,你说什么就是什么。"

陈诺优雅地转过头双手放在琴键上,等待着顾念的选择。

顾念开始逐个进行着评价:"*You Raise Me Up*?谁要和你唱情歌啊!*My Love*?我们之间没有这么肤浅的爱!还有这个,*Beautful In White*?这种说女生穿婚纱很漂亮的歌不是该男生唱吗?"

其实顾念想的是,喜欢西城男孩是吧,那我就是不唱他们的歌。

最后她终于做了决定:"*When You And I Were Young, Maggie*?名字虽然长点,但是看着顺眼,就这个吧。"

陈诺点点头,淡淡地说了一句:"嗯,那就 *Beautful In White* 吧。"

顾念面露惨色脱口而出:"为什么?!"

陈诺微笑着扫她一眼……她一肚子的愤怒就这样在陈诺的沉默中销声匿迹。

## Chapter.9

所以,你居然为了时然学长,骗了陈诺小男神?

1

为了应对系里面给他们的任务,陈诺决定要利用课余时间好好练习。可是他们很多课都是错开的,时间再怎么挤也挤不出很多,他们不得不又将每天下课半个小时后,一直到上晚修之前都用来练习。这样,顾念基本上所有空闲的时间都是在和陈诺度过的,根本没有任何时间去找时然。

这怎么可以!

于是乎,顾念开始找各种理由迟到或者提前离开,借口譬如"今天已经很好了不用再练了"或者"我嗓子会受不了求休息"等等。

一开始,陈诺还是很相信她的,有时候见顾念好像很累,甚至会仁慈地让她休息一天,可是他自己却还是坚持每天去琴房练琴。

在陈诺心里,这是两人第一次同台演出,就算不是最好的,至少也要能够让人印象深刻。

直到有一天顾念去上厕所,将手机留在钢琴上,时然又那么恰逢其时地打了个电话过来。

电话响到第三遍的时候,陈诺实在忍不住拿过一看,看见屏幕上显示的着"学长么么哒",他不爽地眯着眼睛接了电话,时然在电话那头急匆匆地道歉,说自己今天下午要帮老师做事不能和她一起吃饭云云。

不等他说完,陈诺直接摁断了电话,他用力握紧手机,心中愤愤:跟我说很累,跟时然在一起就不累?!然后迅速在心里计算顾念到底有多少个晚上没有来练习。

顾念推门进来刚好看见陈诺若有所思地拿着她的手机,她飞快地跑过来一把夺过,严肃地说:"谁……谁让你乱动我手机了!"

"你手机一直在响,我嫌太吵就帮你接了个电话。"陈诺说完,故意质疑地冷冷地问,"难道你还有我不知道的秘密吗?还是说,你瞒着我和妈做了什么见不得人的勾当?"

一听陈诺说自己有事瞒着,顾念刚才那股气力立马就泄了,支支吾吾道:"我哪敢有事瞒着你。"

陈诺的手指有意无意地敲着琴键,发出一个一个单调尖锐的音,谈不上难听但绝对不悦耳,只听到他缓缓地说:"那……你是觉得三食堂的菜好吃呢，还是寝室后面的更加美味？"

顾念立马知道是谁打来的电话了，将头埋在胸前，不再说话。

见顾念这样，陈诺也不好继续说什么，虽然每次他都会捡着顾念的漏洞去打击她，但是为了大家都能友好地和平相处，他还是会手下留一点情面的。

于是他板着脸故作严厉地说："我在这里那么辛苦地练，就是为了能够过了院里的审核，结果你呢，天天不认真就算了，还学别人谈恋爱。"

顾念委屈地说："我还没有和时然学长告白的，而且时然学长也还没有明确表示喜欢我。"

"他表示了你就要去告白？"

顾念立即抬起头，一脸真诚地看着陈诺，摇了摇头："也不是。"随后想了一下又接着说，"我会直接和他在一起的。"

陈诺听到前面一句的时候嘴角才刚刚扬起，就因为后面那一句重重地击落了下去，不再说话，示意顾念好好练习。一直到晚上结束的时候，陈诺不容置喙地告诉顾念，以后不准有任何理由请假不来。

看着陈诺平静的脸，顾念还是不敢反对的，她在心里安慰自己，要不是我有把柄在你手上，要不是怕你把这件事告诉我妈，我绝对不会这么卑躬屈膝受你威胁的。

这样愤愤地想着,连再见都不想跟陈诺说一句,扭头就朝寝室走去。

陈诺看着顾念的背影,皱着眉头一言不发,像是在思考什么事情。

2

此后,陈诺直截了当地告诉顾念,自己再也不相信她了,无论顾念找出什么理由,都故意板着脸回绝。

圣诞节前的一个星期六,时然第一次主动打电话约顾念。于是当天,顾念整整缠着陈诺好说歹说讲了四个小时,陈诺才微微松口说可以让顾念提前一个小时走。

顾念回寝室换衣服的时候,夏晓悠还为她能这么早被放回来大吃一惊。

晚上,看见顾念春光满面地走进来,夏晓悠忍不住啐道:"大冬天的发什么情啊,一进来开始哼歌也就算了,还在那儿傻笑个不停。"

顾念深情款款地看着夏晓悠,一脸娇羞,扭捏了好一会儿后才慢慢开口:"时然学长好像有一点喜欢我。"

"他告白了?"夏晓悠拣重点问。

"没有。"顾念惋惜地回答,"不过时然学长吐露说对我的印象还挺好的,问我喜欢什么,还问我圣诞节要不要一起过。"

夏晓悠看着她这扭捏的样子,气就不打一处来,心想:天天给别人送早餐人家要是对你印象能不好吗?!一有空就等着人家一起吃饭,还主动掏钱,换成她哪只会觉得挺不错,简直就是想跟人拜把子了。

"然后呢?"

顾念想一下说:"我决定在那一天的时候告诉时然学长我喜欢他。"

夏晓悠受到了惊吓,不可置信地问:"所以,你为了时然学长,要在圣诞的节时候抛弃我们的陈诺小男神?"

听她这样说,顾念第一反应就是想立即反驳回去,但是仔细一想,好像还真的是这样,只好背过身去不再说话,开始纠结要怎么告诉时然自己的心意才比较自然。

但顾念万万没有想到的是,这边才刚和夏晓悠说完心事,那边陈诺就接到消息了。

被迫当间谍的肖勇其实很无辜,但陈诺告诉肖勇,要是再给他机会找夏晓悠打听的话,可能肖勇就再也没有转正的机会了。

所以,咬咬牙,肖勇的地下工作开展得如火如荼。

终于等到所有节目都定下来了,系领导觉得两人金童玉女一般养眼,若只是简单的弹唱,没有任何互动就无法体现整首歌的韵味,建议让他们将中间副歌部分直接改成两人合唱。

一开始顾念是抗拒的,但是最后也只能无奈妥协。

节目提前一个星期进了一下连排,觉得还不错,领导欣慰地大手一挥,同意大家圣诞的时候休息一下。

顾念瞬间噔噔噔眼睛就放光了——休息?!那不正好可以向时然学长表明自己的心意!

3

圣诞节那天一大早,顾念就开始起来折腾自己,满世界地找衣服、再到配鞋子、要不要戴围巾、弄什么发型……花了整整三个小时还觉得不够满意。

刚刚睡醒的夏晓悠慢悠悠从床上伸出一个头,看了看抓耳挠腮的顾念,满脸鄙夷道:"你就算再折腾也只有那么一点料,何必这样为难自己。"

顾念看了看不久之前才被陈诺鄙视过的胸,自信满满地说:"学长不是这么肤浅的人。"虽然这么说,但她还是默默地将自己自己身上的内衣换成了最厚的那件。

对着镜子看了几眼觉得还算满意,又看了看那几件厚重的棉衣,觉得没办法将自己今天的优点体现出来,赶紧全部脱下换了一件最薄的，就连围巾她也觉得累赘。

就这样，顾念穿着此生冬天穿过的最清凉的衣服，美美地出门了……一出门就感觉寒风从四面八方袭来，可是时然已经打电话告诉她自己在楼下了。顾念是个很守时的人，今天已经迟到了，哪里还好意思让时然继续等，立刻飞一般的速度奔向时然。

时然看见顾念只夸她好看，完全没有意识到顾念穿得很少。他的心思全在如何拿下顾念做女朋友上面，前几天他已经隐约透露了一些对顾念的心思，没想到顾念当场就答应了和他一起过圣诞，他想着自己总归是男生，顾念都已经表现得这么明显了，总不能等着她来表白吧。

而顾念，也还在纠结要怎么表白才最自然，直接说她怕吓到时然也显得太不矜持，于是在心里酝酿各种台词，希望能在今天结束之前能够找到一句最好的。

就在两人各怀心思在路上走着，突然，顾念发现肩膀上一沉，一只修长的手搭了上来。她以为是时然的手心下一喜，刚想开口表达娇羞，就发现不对劲，这只手怎么那么熟悉。

转头一看才发现时然站在自己右边，那左边这个是，色狼？不对啊，那为什么时然学长不帮我。

还不等顾念转头去看，旁边的人已经开口："你的智商不会还停留在侏罗纪吧。"

能一出场就这么欠扁的人除了陈诺还会是谁!顾念将陈诺的那只手甩下,认真且严肃地说:"和你说了多少次了,不要一见面就动手动脚。"

陈诺无所谓地耸了耸肩:"那你小时候还硬要和我牵手呢,晚上还硬要抱着我睡,洗澡还要……"

那句"我递睡衣"都还没有出口,就被顾念用手捂住,将他拖到一边,急躁地问:"那明明是小学的事,而且是妈妈说过马路要互相牵着;每次明明是你说爸妈没回来硬要挤到我床上,我以为是被子才抱了的;我就一次洗澡忘记那睡衣,被你看光了还不算,你现在还要说,到底是想怎样?"

陈诺似乎认真地想了一下,才故作委屈地说:"我也要去,妈妈让我们两个人在一起就是想着过年过节什么的能够在一起,你现在抛弃我。"

听见陈诺居然拿老佛爷来压自己,顿时觉得事情不妙,但下意识地果断拒绝:"不行,这种大人的节日,小孩子就在家好好吃吃糖果就够了。"

陈诺不慌不忙地拿出手机,开始打电话,才响了一声,对方就接了起来。

"喂?妈,最近怎么样?"

顾念一听是家里的老佛爷，吓得立即去抢手机。

陈诺矫健地躲过，顾念只好告饶同意让他跟过去，陈诺这才满意地和顾妈妈寒暄了几句之后挂掉电话，一转头理所当然地说："你要是随便就被人骗走了，妈妈会伤心。"说完后像摸狗狗一样摸着顾念的头，"放心，我不会做什么的，就跟过去看看。"

顾念拍掉陈诺的手，一脸不屑地说："我怎么会随便被骗走。"

"根据你的智商来预算，这种事情发生的概率高达99%。"

顾念不打算继续和陈诺争辩，只好回去问在一旁等着的时然，能不能带上陈诺，顺便强调了一遍，是陈诺请他们吃饭。

时然看了看顾念，又看了看陈诺，虽然心中各种不满，却还是不得不勉强答应了。

## Chapter.10 ────
她那么傻，谁会喜欢她！

1

路上，顾念故意忽略陈诺的存在，和时然有说有笑。虽然觉得气氛尴尬，但是时然想着顾念主动找自己聊天，自己总不能拒绝吧，只好附和着，时不时地看看陈诺，发现对方好像并不在乎他们做什么之后，就更加放心大胆了。

点餐的时候，顾念一直问时然喜欢吃什么，每点一个菜都要问一下时然会不会不喜欢，弄得时然都不好意思了，示意了她好几次旁边还有人。顾念故意忽略掉，心想，谁让他这么不识时务地要求跟过来，活该。

点完之后才装出一副刚刚记起陈诺的样子。陈诺倒是不介意，从一开始脸上就挂着笑容，只是笑意开始慢慢加深。

在等着上菜的过程中，顾念说去一趟洗手间。

顾念一转身，陈诺收起方才的笑容，一脸严肃地说："你和顾念进行到哪一步了？"

时然被问得满头雾水，不知道如何回应，只好勉强笑笑强装镇定地不说话。

陈诺倒不在意他的沉默，接着说："那你应该不知道她有狂犬病吧！"

时然皱着眉头，显然是在确认陈诺方才的话到底可不可信。

陈诺只好叹了口气，惋惜道："出了这样的事情，我们家也表示很遗憾。"说着将自己那只被顾念咬伤的手伸了出来，果然上面有一道相当深的牙印，足以看出当初的伤口有多重。

原来在小时候，当时顾妈妈一个人照顾着顾念，经常没时间陪着她，就让顾念一个人在家待着，自己去带补习班。

可当年的顾念哪里是能够安静待着的主啊，于是趁着顾妈妈出去教补习班的时候，一个人偷偷地跑出去玩，哪知道还没有出小区门口，就因为侵入了某只刚刚生了小狗崽的母狗的地盘，狗妈妈以为顾念要去抢它的小狗，于是毫不留情地在顾念的屁股上咬了一口。

顾念看着狗妈妈凶猛的模样，只好捂着屁股哭着回去，怕大家知道都不敢哭得太大声。

遇到楼下的阿姨，阿姨关切地问顾念怎么了，顾念一边抽泣一边断断续续撒着谎："我把屁股摔了，裤子也破了。"

阿姨立即鼓励她，摔倒都是小事，哪里摔倒就从哪里爬起来。

顾念回头看了看正在那里得意的狗妈妈，心想，难道还要我哪一天在它身上咬回来吗？

回到家，顾念嫌弃自己屁股上沾上狗的口水，立即进浴室洗了一遍，发现好像伤口也不是很重，又担心会被妈妈训斥，赶紧翻出医药箱，往自己屁股上涂了好大一团紫药水。

几天后，顾妈妈从洗衣机底下的缝里发现了顾念藏着的裤子，发现屁股上破了好大一个洞。楼下的阿姨刚好来到他们家道歉，说自己家的狗咬了顾念。

顾妈妈看了看早就躲在角落里装作很认真看故事书的顾念，沉声问："顾念，这到底是怎么回事？"

顾念看着妈妈铁青的脸，立马被吓得全都招了。

顾妈妈立即焦急地脱下顾念的裤子查看，结果发现顾念一屁股的紫药水，直接将顾念拎到水龙头前，将紫药水冲干净，才发现伤口已经结痂了。

顾妈妈觉得应该没有什么大事，何况伤口也不大，而且已经结痂，就没有太在意，淡定地告诉那人没关系，反正不是什么大事。

那人惊讶地看着顾妈妈，女儿都被狗咬了，怎么还表现得这么宽宏大量，心里感叹道，果然他们家都是好人啊。

后来顾念被忙碌的妈妈送到陈家，一天，陈爸爸在看新闻，刚好看到一条关于狂犬病的新闻，告诉孩子们，一定要小心狗，不然被咬到可能会感染狂犬病。

顾念不屑地说："他们太弱了，我被狗咬过还是我自己治好的，现在一直没问题呢。"

陈诺从一旁探出头问："你没打狂犬疫苗？"

顾念想了一下，淡淡地问："狂犬疫苗是什么东西啊？"

陈诺跳起来，夸张地拉开和顾念的距离："看来你是真的没有打，你不知道潜伏期有20年吧！你居然随时都有可能变成一只狗，怪不得智商是这样，情有可原啊。"

一旁的陈爸爸严厉地叫陈诺闭嘴，然后又过来安慰顾念不要听陈诺乱说。

小顾念倒是没想那么多，只是天真地想着以后要是真的变成狗的话，那现在就要和狗狗打好关系，于是自那以后顾念一见到狗狗就跟见到了亲人一样。

虽然陈诺答应了陈爸爸不会乱说，可是不代表他不会说，中学的时候，陈诺见太多的男生找理由和顾念说话，看顾念得意他就想打击一下，于是开始传播顾念有狂犬病这件事。

开始大家都不相信，说得次数多了大家也就都怀疑了。谣言的力量永远是不可估量的，等顾念知道的时候几乎全年级都知道了。

顾念当时气愤极了，抓起陈诺的肩膀下了狠心就咬下去，大夏天穿着短袖的陈诺的胳膊就直接被顾念咬出了血。

老师吓得马上请来了家长，顾念被顾妈妈罚任凭陈诺差遣；至于陈诺，也被陈爸爸叫进书房训了三个小时。

可就这样，顾念也将有狂犬病的事坐实了，连之前不相信的人都认为顾念可能真的有狂犬病，开始渐渐疏远她，这也导致了整个中学时期顾念都没有什么朋友。

2

故事讲完，时然盯着陈诺手上的伤口看了半天，才疑惑地问："你和念念不是姐弟吗，你怎么能够随意诬陷她呢？"

陈诺听到时然叫念念的时候，眉毛紧皱，却还是一脸平静地说"她有什么值得我诬陷的，好歹她也是我姐，只是我的家人觉得在还没有彻底度过潜伏期之前，她不应该有任何不正当的关系。"

"念念为什么没有告诉我？"

陈诺皱着眉头反问："你会将自己可能得了狂犬病的事情往外说吗？"

可是好不容易有个女孩喜欢自己，时然心底还是舍不得放弃，于是坚定地说："我不会在乎这些的。"

陈诺似乎早就料到这个理由不足以让他退缩，于是凑在时然耳边很欠扁地说："你争不赢我，而我还不想把顾念交给你。"

"你也喜欢顾念？"

陈诺顿了一下，立即嫌弃地说："她那么傻，谁会喜欢她。"

没想到刚说完，顾念就从旁边走过来，只听到陈诺说的后半句，没好气地朝陈诺看了一眼："你要是喜欢谁那就是谁的劫难。"

一顿饭下来，时然满怀心思，本来已经到嗓子眼上的告白，被陈诺这么一搅和也开始犹豫要不要说了。倒是陈诺吃得特别欢，好几次顾念给时然夹菜都被陈诺半路截了。

顾念狠狠瞪了陈诺几眼，碍于时然在场她也不好发作，只是一脸歉意地对时然笑了笑。

从一开始，时然就觉得两人的关系不一般，如果单单只是平常的姐弟关系，陈诺又怎么会对自己说那样的话；而且每次顾念和自己在一起的时候都会很拘谨，时不时地就说到陈诺，哪怕只是说陈诺欺负她，但也说明陈诺在她心里的分量是不一样的。

这么一衡量，时然终于想通了明明在自己已经暗示的情况下，为什么顾念还会同意陈诺在今天跟过来，这不就是最明显的拒绝吗?

可是为什么顾念这些天对他这么上心呢？难道是和陈诺吵架，而恰好顾念在这边认识的人又不多，所以利用自己来气气陈诺？时然顿时恍然大悟，原来自己只是他们俩之间的一个玩具！

时然有些不相信地看了看顾念，却发现对方根本就没有在意到他。

顾念哪里知道，陈诺今天这样在她看来还算正常的举动，会在时然那里起到这么强烈的作用，甚至已经严重破坏了她这么多天来的准备，此刻她只想着怎么从陈诺那里多刮点油水出来。

3

愉快地结束这顿中饭已经是下午一点半了，外面飘起了丝丝小雨，风一吹全往顾念的腿上飘，一条薄薄打底裤怎么抵挡得了那些风刀。

顾念冻得两腿直打哆嗦，连牙齿都开始不受控制地打着架。听到牙齿碰撞的声音，陈诺朝时然指了指有伤疤的那只手，向时然证明顾念也许真的有狂犬病。

陈诺现在这样的举动在时然看来就是赤裸裸的炫耀，他心底怒意升腾，板着脸说自己突然想起来还有事，扭头就走了。

顾念想叫住时然，却被陈诺拦住。

顾念怨愤地瞪了陈诺一眼,她总不能跟陈诺说,自己还没有跟时然表白吧,这不是自投罗网地让陈诺抓把柄嘛。

时然一走,陈诺就直接将顾念拉进自己宽大的外套里,裹住。从来没有和男生这么近距离接触过的顾念顿时羞得脸色通红。

陈诺的声音幽幽地从头顶上飘过来:"如果你的智商和你的羞耻心是一个高度的话,你也许会是另一番模样。"

顾念抬头看了眼陈诺,发现对方根本就没有看自己,疑惑他是怎么知道自己脸红的,赶紧下意识地用手捂着脸,辩驳道:"是你靠得太近,好热。"

陈诺笑着打趣:"我又没说你脸红了。"

顾念在心里发誓,以后一定不会再搬起石头砸自己的脚,怎么会这么傻直接不打自招呢?!不过明明小时候又萌又可爱的陈诺,什么时候居然变得这么高大了?

就在两人这样吵吵闹闹这朝前走的时候,完全没有意识到已经离开的时然不知道从哪里冒出来,看着他们的背影,眼里充满了愤怒。

# Chapter.11

你要相信，就你这个智商，时然是控制不了你的。

1

一回寝室顾念立即找了件很厚的羽绒服套在自己身上，并暗暗发誓，以后一定不要穿这么少，让陈诺有机可乘。

回来的路上，陈诺一直打击她，可无奈他外套里面实在太过温暖，她又不舍得出去，只好默默地忍受着。

夏晓悠关切地凑过来，看着脸上表情变幻莫测的顾念，欺身上去问："说，你不是要去找时然学长的吗，怎么会从陈诺小男神的怀里出来？"

顾念觉得这件事情一下也解释不清，一脸幽怨地看着她，满脸委屈地说："陈诺只是从旁边乱入的，他破坏了我完美的计划，害得我都没有机会告诉时然学长我喜欢他的事情。"

原以为夏晓悠多多少少会鼓励自己几句，却完全没想到她竟然开始对着天花板犯花痴,嘴里念叨着:"陈诺小男神就是厉害,连我都不敢去做的电灯泡,他居然去做了,还做得这么彻底,这么从容不迫。"

忽然夏晓悠转头盯着顾念,缓缓道:"难道说……陈诺小男神不会喜欢你吧?"

顾念探了探夏晓悠的额头,确定其并没有发烧,反问道:"你觉得只会天天打击你的人,可能喜欢你吗?"

"也是,以陈诺小男神的眼光确实不应该看上你,而且他好像还没到还不没到饥不择食的地步。"

"我哪有你说的那么差。"

夏晓悠仔细打量打量下顾念,下意识地点点头:"嗯,可能更差。"

……

晚上,隔壁床的夏晓悠已经发出了均匀的呼吸声,顾念却躺在床上翻来覆去就是睡不着。

回来后不久她就给时然发了短信,为今天的事情道歉,并表示下次再好好请他吃一顿。放在以前,时然早就回过来了,可是今天却等到现在也没有等到,就在她准备放弃的时候,手机振动了一下,显示有一条短信。

顾念点开,见时然好像根本不在乎自己发过去了什么,反倒是很关心地问:"你下午一个人回去没事吧,不好意思,突然有事。"

一见时然在关心自己,顾念想也不想地回复:"学长放心,虽然路上陈诺一直在欺负我,但我还是顽强地和地主作了斗争,最终顺利回来。"

手机另一边的时然盯着屏幕在想,陈诺欺负她?自己明明看见他们相拥着离开的,那就是欺负?想到之前顾念不止一次跟自己说陈诺欺负她,莫非……看不出来两姐弟居然还有这样的情趣,想想都觉得恶心。

于是手指在手机上点点戳戳,直到十分钟后,时然才打完那一长段的话。

顾念等了这么久,见短信过来,立即点开,没想到就看到第一句就是"你以后不要再来找我了,你这样虚伪让我看着恶心",然后是长篇大论地说他不可能喜欢顾念,这些都结束之后,还加上一句"不要来找我问那几顿饭的钱,我没有问你要精神损失费就算不错了"。

看到这里的顾念只想说一句,什么鬼?!她还没有说自己喜欢他呢,他拒绝个什么屁啊!虚伪又从哪里说起啊?!

看完这条短信,顾念下意识地往脸上一摸,发现居然湿了一片,这时候夏晓悠从旁边爬到她床上,体贴地递给她一盒抽纸。

寝室另两个室友晚上有活动根本没有回来,顾念哭得更加肆无忌惮，哭着哭着她发现一旁的夏晓悠也跟着在一起哭。

顾念疑惑地问："你在哭什么？"

"那你又哭什么？"

"我都被时然学长抛弃了，还不让我哭哭啊，算起来也是失恋。"顾念愁眉苦脸地解释。

夏晓悠假装擦擦不存在的眼泪："那我也就哭哭，庆祝你终于可以回到我身边了。"

顾念无奈，把手机递给夏晓悠看："这个都不是重点，你看看。"

夏晓悠看完后一脸不可思议的震惊："他怎么可以这样说，我都看不下去了。"顾念认同地点点头，却没想到夏晓悠的下一句是，"你至少给他带了一个多月的早餐，小男神还请他吃了几顿大餐呢，怎么算也不只是几顿吧。"

顾念更伤心了，明明她都被别人抛弃加诽谤了，作为朋友的夏晓悠居然在乎的仅仅是那几顿饭的钱，好歹在乎一下自己此刻的心情不适合谈钱这种话题吧，于是哭得更加大声。

夏晓悠无奈地摇头，拍着顾念的肩膀安慰道："你要相信，就你这个智商，时然是控制不了你的，就像现在你在他眼里不过是请他吃过几顿饭的虚伪女人。你还是适合更加强大的人。"

2

本来顾念第二天是要去找时然的,却被夏晓悠拦住了,用夏晓悠的话说,一个女人,若是在这样的情况下还要继续觍着脸去的话,那就表示她已经决定作践自己了。

虽然得到了夏晓悠一番没有任何根据的劝慰,但顾念还是侥幸地以为时然只是一下想不通,等他想通了就会来找自己的。可是余下的两天,顾念都没有等到时然。

因为沉浸在被时然拒绝的悲伤里,顾念就连上课都魂不守舍。见她这样,不明情况的两个室友以为顾念受了什么刺激,夏晓悠给的答案是,经历太少,经验不够,多经历几次就会看开的。

那样的情况不止在上课,连被陈诺叫去练习的时候顾念都是一副怨妇的模样。

练习完了之后,陈诺拦着顾念,淡淡说了一句:"感情一般不是智障能够控制的,我代表广大群众表示理解,同时希望你能够展望完美的未来。"说完竟然面带微笑地离开。

看着陈诺的背影,顾念居然连反驳都无力了。

顾念一个人忧伤地走在回寝室的路上,满脑子居然全是陈诺笑着离开时那张欠揍的脸。

突然,她猛地想到,之前和时然学长的进程明明都相当顺利,为什么偏偏只是过了一个圣诞节就变成了这样?只有一个原因,那就是那天跟着他们一起去的还有陈诺！她怎么忽略了，陈诺从来都不会让自己太好过的。

想到这里，顾念拔腿就往陈诺的寝室跑，出去的时候还撞到了刚下课回来的夏晓悠。顾念说了句对不起后头都没回地直线冲了出去。

等夏晓悠回过神的时候，顾念早就不见了踪影，朝寝室的两个人问道："她撞鬼了啊？"

室友歪着头手一摊，表示自己什么都不知道。

3

楼下的宿管阿姨已经习惯了顾念时不时地来男生寝室串门，甚至和顾念打招呼："又来找你弟弟啊，你们关系真好。"

顾念支支吾吾地糊弄了过去，冲上楼在陈诺的寝室门口停住，刚想敲门却看见竟然没有上锁，于是直接推门走进去，里面一个人都没有！顾念想着既然没有锁门说不定马上就回来了，那就坐着等等吧。

就在顾念还没走到陈诺的椅子前坐下的时候，肖勇穿着一条内裤就这么从卫生间里出来了，嘴里还在埋怨为什么他在里面喊了这么久都没人来帮忙。

原来，肖勇刚刚训练完一身汗去洗澡，带进卫生间的衣服居然掉在地上湿了，喊了几声让室友帮他拿衣服都没有人回应，就想着大家可能出去了，自己就这么出来了……他怎么都没想到顾念居然在自己寝室。

两人都吓了一跳，肖勇的尖叫夸张得像是被强奸了一样，连自己关键部位都忘记捂了；而顾念已经完全是一副惊呆的模样，倒像是被肖勇的尖叫吓的。

陈诺从外面回来，听到肖勇的尖叫还以为发生了什么大事，立即推门而入。可是见到他，肖勇就叫得更大声……

陈诺看到赤裸着上半身的肖勇，刚想开口说他大惊小怪，却发现自己桌子旁边呆呆傻傻站着的不是顾念还能是谁。

他立即将顾念的脸扳过来按进自己怀里，随便找了件衣服丢给肖勇让他去卫生间穿上。

顾念在闻到陈诺干净气息的那一刻回过神来，激动得挥舞着两手挣扎，可陈诺一直冷着脸按着她，直到肖勇进去卫生间才松开她。

"你看到了多少？"

顾念差点被闷死，好不容易解脱大大地深呼吸一口气，哪知道陈诺会抛出这样的问题，难道她要诚实告诉他除了挡住的地方，能看得全都看到了吗？

陈诺看着顾念这副样子，就知道顾念在想什么，叹口气只好说

"那就都忘掉吧,实在不行就暗示自己那是我的。"

顾念皱着眉头质问:"你的有这么好吗?"

"你质疑我?要不要现场验验?"

顾念被堵了个面红耳赤。

## Chapter.12

这不是重点好吗，这里是女洗手间啊!

1

顾念想到自己来的目的，一屁股坐在陈诺的椅子上，发现仰着头看陈诺有点没气势，于是干脆坐到了桌子上，正对着陈诺，她严肃地板着脸质问道："那天你到底和时然说了什么？"

陈诺随意拖了个最近的椅子坐下，趴在椅背上定定地看着顾念，不回答，把顾念看得心底有些发毛。

但是，以为这样不说话就能够得到她的原谅了？做梦吧！顾念尴尬地接着道："你不说我也知道是你，不然时然学长怎么让我不要再找他了，还说我虚伪说我欺骗他。"

这时候，已经穿戴完毕的肖勇自发地搬着一张椅子过来听八卦，本来他是想坐在顾念旁边的，但是陈诺一个眼神默默劈来，他自觉地在两人中间的广阔天地间坐下。

看顾念和陈诺彼此一肚子气但互相不说话的样子，肖勇立刻摆出一副知心哥哥的模样，开始苦口婆心诉说陈诺是多么关心顾念，甚至为了不让顾念知道，还用他的 QQ 去打探情况……

眼看肖勇就要说漏嘴了，陈诺才淡淡地打断他："他配不上你。"

肖勇说的那些已经足够让顾念惊诧了，但是陈诺接下来说的更让她觉得惊恐万分，他说："从家世来讲，你家算书香门第，而我家也算官宦世家，怎么算都比时然那个暴发户强；从智商上来看，因为你是我们家最差的，他的智商却比你还差，根据我们家的配对原则，男生的智商是必须比女生智商高的。"

"你怎么知道这么多？"

"他去年因为玩游戏挂了两门，其他功课的成绩也全在及格边缘徘徊，他家的钱是他爸爸这几年做生意赚来的，从常理来看，富不过三代，意味着你儿子以后可能会穷死，这样就没有钱养你，简单地说也就是你不能幸福地享受晚年。"陈诺大方地承认，从各方面详细剖析着时然。

听到陈诺这样诅咒自己，顾念真想立刻跳起来扑向陈诺，却听到他表情冷淡地做着最后的总结："不过据现在的情况来看，他还是有一个优点的。"

听到这里顾念默默停住了，看吧，她并不是那么眼瞎吧，挑剔鬼陈诺也看到了时然的有点。

但是……

"至少他还有最基本的先见之明，知道你不可能会爱上他。"

陈诺话音刚落，顾念几乎是跳起来扑到陈诺身上的，只听见陈诺的后脑勺"嘭"的一声撞在后面的桌沿上，后脑勺迅速传来一阵尖锐的疼，还没等他晃过神，就感觉顾念已经狠狠咬住了他的手臂，要不是衣服很厚，恐怕又要见红了。

一旁的肖勇刚想说陈诺分析得一针见血、面面俱到、堪称完美，就被顾念飞过去的身影吓得直接呛到，等缓过来的时候，就看见陈诺已经被顾念压在底下……顾念的表情是够狰狞的，但是陈诺那厮竟然一脸享受，甚至还伸手摸了摸顾念的头……肖勇觉得自己受惊了……

看着这奇异的画风，肖勇站在旁边不知是拉开他们俩还是自己默默离开……

大概过了三分钟，陈诺看着在一旁还没有任何动作的肖勇，仰躺着指指趴在他身上的顾念夸张地说："快把她拉开，没看见我都快壮烈牺牲了吗？"

肖勇扁了扁嘴，默默吞下心里非常想说的一句话：你明明很享受，哪里像是即将牺牲的模样啊。

感到后面有人在拉自己，顾念立马反抗。被顾念踹了一脚的肖勇觉得拉开她这个办法不可行，只好口头劝说"念念姐，说实话，我倒是很赞同陈诺说的，时然那样真的配不上你。"

就算是这样顾念也没有松口，咬着陈诺的衣服含糊地说："你就是陈诺的走狗。"

肖勇自顾自地继续："就长相来看，你在我们系随便挑一个都可能超过他，念念姐你长得这么好看，怎么能够随便就这么糟蹋了去。更主要的是，他居然质疑了念念姐对他的爱，说明他对你不信任。"

顾念想了一下感觉他说的话好像挺在理，于是松口站起来问："你真的觉得我好看吗？"

见顾念已经平静下来，肖勇立即点头，一边点头还一边说："念念姐就是我的女神……之一。"

旁边的陈诺已经坐起来，正了正自己的衣冠，淡定地说："根据我的比较，他连肖勇的一半都达不到，而我认为肖勇都是配不上你的，你要是要找男朋友，肖勇已经是最低的底线了，不然怎么对得起我们家上好的基因。"

顾念其实根本就没有听陈诺说什么，光顾着回味肖勇的那句女神去了，下意识认为陈诺肯定没有好话，于是转身问："你刚刚说了什么？"

陈诺无奈，冷着脸说："你适合更好的。"

顾念还是第一次听见这么多人在夸自己，立即将时然的事情抛在了脑后。其实早在和夏晓悠一起哭的那个晚上，顾念就想通了，只是觉得既然已经定义成了失恋就要有点失恋的样子，不能随随便便敷衍过去，不然大家还会以为她是那种随便的人。

至于来找陈诺不过是不服气陈诺经常这样坏她的事，从小到大，明明在谁面前都一副好人的陈诺，不知道为什么就是这么想要捉弄她。

陈诺看情况已经稳定，立即拉着顾念出去，一旁的肖勇站在后面面带微笑地说："恭送念念姐离开，欢迎下次再光临寒舍。"

陈诺将她送到楼下就转身回了寝室。她抬头看见正站在窗户处和自己摆手的肖勇，顿时觉得自己又被耍了，陈诺怎么可能会好心帮自己呢？

2

随着时间的推移，顾念还来不及在失恋的阴影中清醒，就接到消息要去彩排，她整个吓了一跳，几乎是以百米冲刺的速度赶到彩排地点。

因为这几天训练不用心，加上没有上过如此大的舞台，顾念一上台就开始紧张，握着话筒的手一直在发抖。

陈诺虽然看在眼里，但是无奈两人的距离实在太远，根本帮不了她，只能弹好自己的钢琴，以求不在这方面干扰到顾念。

果然不出陈诺所料，一下台领导就开始发火，批评顾念这几天都在干什么，还比不上圣诞节之前的联排表现。

陈诺只好解释说顾念这几天本来不舒服，自己因为求胜心切抓着她反复练习没有让她好好休息，才导致了今天这样的情况发生。

看在优等生陈诺的面子上，领导稍稍缓和了。

后面的两次彩排显然要好很多，等彩排结束天都已经黑了，陈诺将顾念送到楼下，忽然又想到了什么，拉住顾念："你要是紧张的话可以看着我，我知道你看着我一定就不会紧张。"

顾念虽然心里感动，但却不愿意承认，向陈诺摆了摆手，头也不回地回了寝室。

3

元旦晚会定在 12 月 30 号，晚会开始前还有最后一次彩排，主要试一试灯光包括演员们的站位。

所有演员都已经换好衣服，等陈诺化完妆发现顾念还没有出来，打她电话又发现她的电话丢在化妆间根本没有拿走，旁边的更衣间里也让人去找了一下，都没有，陈诺只好四处去找她。

陈诺跟负责的学生干事通知把他们的彩排取消，面对如此霸气任性的演员，负责人只好同意，在周围转了一圈之后，终于在洗手间找到了顾念。

原来因为当时更衣室的人太多,顾念就跟夏晓悠去了最近的洗手间,可穿到一半才发现事先准备的衣服后面的拉链坏了,根本拉不上去,夏晓悠已经帮她去找衣服了但却一直没有回来,而且走的时候情急之下她又把顾念自己的衣服给带走了,顾念只能在原地等着。

看见陈诺进来的时候顾念明显吓了一跳。

"你怎么进来的?"

陈诺一脸淡定,将自己身上的外套脱下来套在顾念身上,才解释道:"我见没人就进来了,我就知道你在这里。"

"这不是重点好吗,这里是女洗手间啊。"

陈诺淡淡地说:"除了道具不一样外,只要没人,和男洗手间没有什么区别,功能都是一样的。"

好吧,你有本事你任性!顾念乖乖地跟着陈诺出去,没想到一出去就撞到一个同学进来,只见那人诧异地看了看陈诺又看了看顾念,最后默默地退出去,确认了一遍自己没有走错地方之后又重新走进去。

在这过程中,陈诺已经拉着顾念的手快速地离开,一脸从容淡定。出去后,顾念笑得连腰都直不起起来。

陈诺黑着脸问:"有那么好笑吗?"

等笑够了顾念擦着眼泪说:"你是没看见刚才那人吓傻的样子,要不是你,人家有必要再出去看一次自己有没有进错卫生间吗?"

"那就说明了你还不够女人,不然她也不会怀疑自己。"

好吧又引火自焚了……这个人转换主题的时候永远都不会提前预告一下,而自己还每次都挖个坑,再狠狠地被陈诺丢下去。顾念决定识趣地不再说话。

## Chapter.13

女孩不知道矜持，穿得一点都没
个正形有什么好！

1

等两人回到化妆间的时候，最后一次的彩排已经结束，夏晓悠刚好带着衣服赶过来。陈诺先顾念一步拿起那件衣服，皱了皱眉，他觉得十分不好。

胸开得太低！虽然是长裙，但是后背露得太多！对于看惯了穿着T恤牛仔裤的顾念的陈诺来说，这样子的衣服在他眼里就是什么都没穿。

可是夏晓悠无奈地一摊手：这已经是她拥有的唯一一件符合领导要求的衣服了，白色、优雅。

顾念倒是觉得陈诺太矫情，抢过他手中的衣服，白了他一眼就闪进了旁边的更衣间。

顾念一出来，陈诺就觉得自己的眼珠惊爆了，实际上露得比他想象的还多!

可是夏晓悠从看见顾念的第一眼就被震惊到了,围着顾念啧啧转圈:"这简直太完美了,比刚才那件还要好看,完全是出乎意料的惊喜啊!顾念以后你可以试着挑战一下露背装,美呆了!"

见顾念被夏晓悠赞美得心花怒放的样子,陈诺只好干咳一声愤愤地说:"女孩不知道矜持,穿得一点都没个正形有什么好!"

顾念撇了撇嘴,说了句:"古板。"

倒是夏晓悠在心里默默地记下了,原来陈诺小男神喜欢保守的女孩子啊!难怪当初一上来就叫自己姐姐,原来是喜欢年纪小一点的啊。

这时候找他们去彩排的学生会干事刚好赶来,本来还想训斥两人没有时间概念,连彩排都没有赶上,但是看见陈诺之后,立刻改口:"你们怎么没有去彩排呢,到时候直接表演不会有什么问题吧?"

夏晓悠直接拎着那件坏了衣服,愤激地为顾念辩解:"你们给顾念拿来这样的破衣服,还好意思说他们为什么没有去彩排。"

学生干事看了看那件坏掉的衣服,一头黑线,但是转眼看到顾念眼睛大放光彩:"你身上现在这件就很完美,看来是命中注定要穿这一件的。"

顾念听着那句命中注定恨不得一头撞死在豆腐上,明明是他们自己没有好好检查衣服,现在居然还这么义正词严地推脱给命运。

但是,好像除了这件,真的暂时别无选择了。

一旁的陈诺见表演服就这么混乱地定了下来,内心是极度崩溃的。

2

因为没有彩排,等快到他们上场的时候陈诺还算比较淡定,顾念心里就紧张得一片兵荒马乱了,她又不甘心在陈诺面前表现出来,于是只好目视前方,一脸严肃。

就算正襟危坐也瞒不过陈诺对她的了解,他凑到顾念耳边轻声说:"你要相信,就你这种长相远远比不上人家的手机屏幕。"

"说得好像你自己长得挺好一样。"顾念不屑道。

陈诺点点头:"很显然,这是事实。"

两人你一言我一语地悄声争辩。顾念虽然很讨厌被陈诺鄙视,但不得不说,被他这么一折腾,好像还真没有那么紧张了。

终于轮到他们上场了。为了不被陈诺看不起,顾念走得那叫一个神采奕奕优雅自得,就差没有直接拍着钢琴告诉陈诺,她一点都不紧张了。

肖勇是中途赶过来的,一进来就看到往台上走的顾念和陈诺,他随后称赞道:"念念姐今天怎么这么好看啊,平时倒是没看出原来她和陈诺这样般配,看上去还真像传说中的金童玉女呢。"

听到肖勇这么说,夏晓悠十分得意:"那是,你难道一直以为我们家念念是凡物吗?她只是被一颗懒惰的心给玷污了。"

他们完全没有注意到,和他们抱着同样想法的还有一个人,那人深深地看了顾念一眼之后就离开了现场。

有了陈诺流畅的琴声打头阵,顾念确实觉得轻松了许多,在心里不断暗示自己只是在简单地练习。

顾念的声音一出来,肖勇又开始感叹了:"没想到念念姐唱歌这么好听啊,什么时候也让我听听你唱歌是什么样子咯。"

夏晓悠白了肖勇一眼,毫不讳言地说:"让我给你唱歌,做梦吧。"

肖勇已经习惯了夏晓悠每次对自己说话都是夹枪带剑的样子,倒是没有太在意,笑笑继续看节目。

本来在顾念唱歌的时候挺安静的现场,在陈诺的声音响起的时候,有粉丝开始大喊着陈诺的名字。顾念立即转头看向陈诺,脸上写满了不可思议的鄙视——鄙视他居然为了个小小的比赛去拉票。

陈诺当然知道顾念在想什么,等到表演一结束,立即上前炫耀一般解释:"不要以为那些人是我拉过来撑场面的,我根本就不认识她们。"

"你是在向我炫耀自己在哪里都有人喜欢吗？"

陈诺摊手："很显然，我并没有，但还是很抱歉把你比下去了。"

没想到，陈诺话音刚落，迎面就进来一个人，怀里抱着一束巨大玫瑰，鲜红一片，看得顾念都震惊了，不由得自嘲："看来有比你魅力还大的呢。"

陈诺莞尔一笑。

顾念和抱花的人擦肩而过，却不想对方拦住了她的去路，将花递给她，深情款款："美丽的女孩，你是如此可爱，我想我已经爱上你了。"那人说完，潇洒地轻轻一笑，帅气地一个转身迈着优雅的步伐就离开了。

陈诺双手环抱轻笑，按正常的逻辑，被送花的女孩应该忙不迭地追出去询问送花者的名字，然后为表示谢意接受对方的邀请或者共进晚餐什么的……但是，顾念是正常逻辑的女孩嘛，真是太小看他这些年的熏陶了！

果然，顾念抱着一大束花束手无策地呆在原地，她心里想的是终于在陈诺面前扬眉吐气了！

鲜艳的花瓣在一片一片往下掉，顾念偏头一看，罪魁祸首陈诺一边轻轻揪着花瓣一边笑得人畜无害。

顾念觉得自己终于可以抬起头做人了，头一次觉得自己可以底气十足地站在陈诺面前，她一闪身将花从陈诺的手上解救出来，一副恍然大悟的样子："抱歉，原来那个人就是我啊，真是遗憾，居然收到了你都没有收到的花。"

陈诺眯着眼睛看着顾念，暗自发誓，自己一定不会让那束花存活太久，实在是太碍眼了。

一旁的系领导过来，朝他们俩竖起大拇指："我果然没有看错人，你们俩真给我们系长脸，这样的水平都快赶上音乐系了呢。"

顾念还是第一次在陈诺面前被老师表扬，顿时高兴得飘飘然。虽然是和陈诺一起，但还是值得庆祝的，好歹算是登上了一个新的高度。

反观陈诺就大方多了，他一脸淡定从容地谦逊道："能为系里分担是我们的责任，而且也很感谢老师能够接受我的建议，才让我们这次的表演更加完美。"

顾念看着陈诺这副模样，在心里默默地鄙视，有什么好嘚瑟的，就不会好好说话吗？说得这么冠冕堂皇给谁看啊！

她完全没有发现领导一脸受用频频点头。

等领导走后，顾念好奇地问："你给了领导什么建议啊，难道说是你建议领导让我们情歌对唱的？我就知道你不安好心，不叫我姐姐就已经让很多人误会了，现在来这一出，我怎么嫁得出去啊。"

面对顾念埋怨，陈诺淡淡地说："就算不这样，你也嫁不出去，我没有嫌弃你毁坏我名声，你就自己蹲在角落里知足吧。"

3

夏晓悠他们一群人涌进来的时候，他们俩已经各自换下了衣服。

看见顾念抱着的这么大一束花，夏晓悠忍不住赞叹："看不出来啊，咱们念念这么快就有追求者了。"

陈诺听到这话之后更加坚定了之前的想法，这束花要是不处理掉的话，必定会成为自己毕生耻辱的。

几人一起聊着天，不知是谁提出要去庆祝一下，顾念虽然不是很喜欢，但是看大家的情绪都这么高，加上一向不喜欢热闹的陈诺都没有说什么，也就不好意思打击大家的积极性了。

顾念本想回寝室把花放好，结果硬是被班长拉着直接去了。几人去了一家光顾过几次的火锅店，一开始大家还都是很单纯地吃东西，后来不知道说了什么大家就觉得光吃东西不带劲，提议喝几杯。

稀里糊涂的几个人开始边吃边喝，就连从来就不喝酒的顾念也开始喝了起来，可是大家没有想到，顾念不过是喝了几杯啤酒，就已经醉得不省人事。

喝到最后出门的时候,除了陈诺,其余几个人全都走路摇摇晃晃的。陈诺费力地扶着顾念,让大家先各自回去,又对夏晓悠说自己会照顾顾念。

　　大家各自散去,陈诺一个转身直接将顾念扛到背上,霸道与帅气并存地起身离开,店里的服务员好心地提醒他那束玫瑰花忘了拿,哪知陈诺直接高贵冷艳地丢下一句:"送你了。"

　　那气势,那魄力,要是夏晓悠在的话,恐怕又要愣在原地足足感叹个十来分钟吧。

　　不过那个少不更事的服务员已经帮她做了——只见她满眼桃心地行着注目礼目送陈诺离开,紧紧地捂住自己那颗不安分的心脏。

## Chapter.14

不要以为我刚刚失恋，就会饥不择食到什么人都会要的。

1

陈诺还是第一次照顾人，不过幸好，喝醉了的顾念除了像一摊烂泥一样站不稳，倒没见有什么大的动静。

顾念如八爪鱼一样，扒在陈诺身上，一直到酒店，都还不肯下来。

在酒店前台开房的时候，前台看了看陈诺，凭长相判断对方不是什么不法分子拐带年轻少女，才帮他开了一间。

由于要手忙脚乱顾着顾念，陈诺没来得及多说一句要标准间，后果就是，当他打开门看见是一间大床房的时候，内心是凌乱的。

许是因为背了顾念一路，陈诺直接将顾念丢在床上之后，做的第一件事情就是把自己的外套脱了，刚去洗手间洗了一把脸，就看见顾念闭着眼朝他走来，以迅雷不及掩耳之势吐在了他的身上，还扯着他的衣服擦了一下嘴。

吐完后的顾念用自己残存的意识重新爬到了床上,找了一个最舒服的姿势,抱住被子就睡了。

要是知道自己对顾念稍微的粗鲁需要承担这样的后果,当时他一定会温柔地将顾念放到床上,陈诺看了看胸前,欲哭无泪地将身上的衣服脱下,又狠狠地洗了一个澡才觉得满意。

等他将一切收拾干净之后,就看见顾念已经规规矩矩地侧卧在床上,至于唯一的那床被子早就已经被顾念压在了身下。

陈诺嫌弃地看了看顾念那张花掉的脸,本来打算不去理睬的,最终还是觉得忍受不了,说不上粗鲁但绝不温柔地把她的脸擦干净,又帮顾念将身上的外套脱掉,才满意地躺在床上,从顾念怀里费力拖出那床被子,盖好,睡觉……

2

早上,顾念在温暖的阳光中醒来,睁开眼就看见面前柔软的货真价实的肉体,伸手戳了几下,确定自己不是在做什么不单纯的梦之后,将身边的人推醒,居高临下地质问:"老实交代,你对我做了什么,不要以为我刚刚失恋,就会饥不择食到什么人都会要的。"

这时候敲门声刚好响起,顾念立即摆出一副被捉奸在床的惊恐状，却被陈诺无情地拆穿："你就算装得再像，现在看上去被非礼的那个人也是我，快去拿一下衣服。"

顾念看了看陈诺，将信将疑："你难道不是为了诱惑我所以将自己脱光的吗？"

陈诺将她从上到下扫了一遍，道："就你？还不值得我牺牲这么大。"

一边争吵着顾念一边来到门口，打开门一看，果然是酒店的服务人员，面带微笑地递给她一个袋子，打开一看，里面是陈诺的衣服。

顾念将衣服拿了回来，关上门，一脸嫌弃地说："都这种时候，还在乎内心那一点小小的洁癖，矫情。"

"你要是觉得被吐了一身只是小小的洁癖的话，下次我也试试。"半裸着的陈诺从容淡定地站起来，完全不在乎面前的是个和他年纪差不多的少女。

顾念根本没想到陈诺会突然站起来，立即羞红了脸转过身结巴道："那……那你现在是想干吗？再……再这样我会告你非礼的。"

"是吗？可是昨天不知道是谁半夜抱着我，怎么都扯不开呢。"

顾念这时候也厚起脸皮来了："我是你姐，再说了谁让你不开两间房的。"

陈诺好心地提醒："又不是第一次，何必装作没有经历过一样，两间房也是需要钱的，能省则省嘛，妈妈说的。"

都这种时候了陈诺居然还不忘拿妈妈来压自己，什么叫又不是第一次啊，不是第一次就不重要了吗？好歹我还算一个黄花闺女呢。即便心里有千万句话要说，但是顾念觉得就这个事和陈诺再交流，只会是自己吃亏，所以穿戴整齐之后，她收拾了一下就准备回学校。

两人刚出酒店，顾念的手机就响了起来。顾念一看是一个不认识的号码，于是纠结接还是不接。

陈诺不耐烦地在一旁提醒："想接就接，不接就挂掉，一直响着你不嫌烦啊。"

顾念剜了陈诺一眼，不情不愿地接起电话，电话一通就听到对方急切地询问喜不喜欢那束花。顾念心想，反射弧有够慢的呀！昨天晚上送的花，今天才来问喜不喜欢，不喜欢也枯萎了呀。

虽然是这样想的，但顾念还是礼貌地告诉他，自己很喜欢。

挂了电话后，顾念拦住陈诺，一副严刑逼供的架势问："快说，你是不是嫉妒我昨天晚上收到了花，所以趁我喝醉了把它虐待致死了？"

陈诺一脸"你疯了"的嫌弃表情："你以为我是那种人吗，

还嫉妒你的花?"

"那我的花呢?"

"又不是我的,我怎么可能知道。"

两人为了一束花就这样一路争执到学校,顾念说她要去食堂买早餐,陈诺默默地塞给她十块钱。

顾念看着那十块钱,以为是自己陪睡了一晚上的犒劳,刚想嫌弃地说自己怎么可能就值十块钱,哪知陈诺来了一句:"帮我也带一份吧,送到我寝室去,剩下的你就自己花吧。"

"凭什么?"

陈诺凑近顾念,笑得邪恶:"就凭我衣带渐宽地照顾了你一晚上,还差点清白不保。"

看着陈诺欢快离开的背影,顾念恨不得追上去扑倒他再踩上几脚,什么叫差点清白不保,清白不保的那个人明明是她好吗!

3

虽然满腹怨恨,顾念还是拿着陈诺的十块钱老老实实去买了两碗米粉。不过顾念也不是吃素的,于是,陈诺的那碗粉里她给加了好多辣椒油,怕陈诺看出来她还特意混合了一下,把两碗的颜色弄得一模一样。

所谓防人之心不可无,害人之心不可有,就在顾念乐不可支地脑补不怎么吃辣的陈诺吃到那碗米粉的表情时，她其实已经忘了到底哪一碗才是加了辣的……

她兴高采烈地打电话叫陈诺下来拿，随后屁颠屁颠地跑回了寝室。

顾念一回寝室就看见了摆在自己桌子正中间的一大捧玫瑰花，大吃一惊，以为是其他室友临时放的，于是找了个地方将米粉安放妥当后，去洗漱准备吃粉。

在去卫生间之前，她强装淡定地问夏晓悠："那捧花是怎么回事啊？"

夏晓悠跷着二郎腿在看书，听顾念这么问，叹了口气才不情愿地回答："你确定不是在炫耀？早上我去买早餐，音乐系的大才子孟亭柯拦住了我的去路，说让我把花带给你，还嘱咐说一定要摆在桌子的正中间。"

"爱人，辛苦你了。"顾念心中一阵激动，哎呀第二束花了！她忽然又像是想到了什么，赶紧回身拍了张照，第一时间发在了朋友圈。

"你现在是不放过任何时间作秀啊。"见她这样，夏晓悠一脸嫌弃，后又感叹，"念念，你都不像你了。"

此时心系米粉的顾念已经完全不去在意其他事了，赶紧抓起牙刷漱口准备吃粉。

闻到香味，夏晓悠嘴馋跑去尝了一口，半分钟后飞速地回到自己桌前，找了个甜的东西中和了一下后才辣得吱吱叫着问顾念，为什么今天的粉这么辣。

顾念含着一口泡沫鄙视她："说得好像你以前挺能吃辣一样。"想到自己放辣椒的场面，顾念又得意地加了一句，"我留给陈诺的那碗更辣。"

夏晓悠几乎是腾空而起地飞过来掐住了顾念的脖子，凶神恶煞地说："你就算是嫉妒陈诺小男神，也没必要出这样的损招吧，既然小男神已经出事，那就让我替他解决掉你吧。"

两个人打打闹闹直到顾念求饶夏晓悠才放开她，并出言警告顾念，陈诺要是出了事绝不放过她，说完就开始在网上一顿乱找吃多了辣椒会发生什么以及解决办法，只等陈诺需要就给他发过去。

待顾念洗漱完毕吃了一口自己的米粉之后，开始意识到好像哪里有些不对劲，她顿时想一耳光扇死自己——因为她把给陈诺准备的大礼，留给了自己。

就在她懊恼万分的时候，顾念收到了陈诺的短信，内容很简单——"早餐很合胃口。"

顾念默默地走到夏晓悠身后，淡淡道："你还是先帮我查一下脑残算几级残废吧，再看看能不能治，找个比较好的医院把我送进去吧。"

夏晓悠诧异地回头："你终于想通了？"

顾念一脸哀怨地将早上记错米粉的事情告诉了夏晓悠。

听完之后，夏晓悠差点笑岔了气过去，最后憋着笑感叹："念念啊，从小老师就教我们做人要厚道，看你现在把自己整的……不过对于你的智商，我想老师可能是心疼你会不会把自己整死。"

顿了顿夏晓悠又感叹："陈诺小男神命真好，遇见了你。你说你要是真给了他那碗巨辣粉，万一他辣出个三长两短，昨天晚上那群疯狂的小粉丝就算一人踩你一下，你也会被活活践踏死。"

顾念怨愤地看了一眼夏晓悠，果断地抛弃了那碗粉，去翻夏晓悠的零食盒子，也不管好不好吃，此刻的她只想填饱肚子之后，好好睡一觉平复一下凌乱的心情。

## Chapter.15

我带出来的钱好像不够去里面吃一顿……

1

下午三点钟左右的时候,顾念还躺在床上,换作平时她肯定早就起来了,至于今天不想动的原因,她归结在了陈诺身上:就是因为他昨天晚上虐待了她,才导致她今天会这么累。

早在她准备睡觉的时候,夏晓悠就觉得奇怪,问她为什么这么困。顾念灵机一动装作很委屈的样子告诉她自己认床,她总不能说她是因为和陈诺睡在一个床上没睡好吧!她怕夏晓悠知道自己玷污了她的小男神之后,会直接将自己弄死后分尸抛弃在荒野,然后被什么野狗之类的东西啃食干净。

被孟亭柯的电话吵醒的时候,顾念激愤得想要骂人,语气几乎已经恶劣到了吼的程度:"你谁啊,有事说事,没事自己挂电话……"

就在顾念打算挂电话的时候，就听到对方温柔地开口："有没有空一起去吃晚餐？"

还处在迷迷糊糊中的顾念没头没脑地来了一句："等我。"翻了个身继续睡。

孟亭柯当然不知道顾念这句等我仅仅只是听到去吃晚餐之后的条件反射，兴奋地直接奔到顾念寝室楼下等她。

过了一会儿，夏晓悠实在看不下去了才从阳台进来，毫不客气地将顾念弄醒之后，咬牙切齿地说："发个朋友圈晒一下让我们知道就可以了，有必要让人家在楼下等你将近半个小时吗，我怎么以前没有发现你奸诈狡猾呢。"

顾念勉强地睁开眼睛，疑惑地问："你在胡说些什么？"

"孟亭柯在楼下等你一起去吃晚饭。"

顾念所剩无几的睡意因为这句话直接被惊醒了，她什么时候答应过孟亭柯？！她现在连他长得是圆还是扁都不知道，怎么会答应他呢？

夏晓悠通过她脸上复杂纠结的表情大概判断出了她的心思，在一旁好心地提醒："刚刚他打电话给你，我听到你亲口答应的。"

顾念欲哭无泪地看着夏晓悠，暗暗发誓，一定要想个办法好好补补脑子。她气急败坏地翻身下床，连衣服都懒得加直接冲到阳台的窗户边，想看看究竟是谁打扰自己的清梦。

结果朝下一看，就看见楼下站着一个帅哥，他迎着阳光朝她微微一笑，像是在告诉她不用担心慢慢来。顾念惊得赶紧把头缩回来，将信将疑地拉着夏晓悠再次问了一遍："你确定我真的答应过？"

夏晓悠在心里为孟亭柯默哀了一下，眼神坚定地告诉顾念："千真万确。"

"我怎么觉得这么他这么眼熟呢？"顾念小声嘀咕了一句，转身回去加衣服。

这时候电话又响了起来，依旧是温柔的孟亭柯的声音，跟顾念说不着急，他会等她的。

顾念这才忽然记起来孟亭柯怎么这么像昨天晚上送自己花的那个人，直接问他："你是不是昨天也送了花啊？"

孟亭柯眼睛登时亮了起来："原来你还记得我。"

顾念笑着解释"这么隆重的出场，我想换作谁都不会忘记吧。"

"那现在要不要和我一起去吃一顿新年第一天的晚餐？"

顾念看了看一旁的夏晓悠，只见对方满目仇恨地看着她，恨不得将她生吞活剥了。顾念现在只想快点离开这个是非之地，加上之前迷迷糊糊答应了对方，事到如今要是再拒绝恐怕只会显得自己欲擒故纵，倒不如洒脱一些。于是，她莞尔一笑对孟亭柯说："等一下，我马上下来。"

在夏晓悠充满怨念的注视下，顾念迅速穿戴整齐离开了寝室，临走时还贴心地询问夏晓悠晚上要吃什么。

2

终于收拾妥当，顾念一口气跑下楼，一个劲地说对不起。让对方等了这么久，她多多少少是有点理亏的。

没想到孟亭柯笑笑："你不用一直说对不起的，能够等你也是一种幸福。"

顾念当时的第一反应不是感动，而是想看看孟亭柯的脑子是不是有病，她还从来没有遇到过在寒风中等了半个小时之后还觉得那是幸福的。要换作陈诺，她不被骂得体无完肤估计都已经是他手下留情了。

孟亭柯被顾念盯着有些心慌，难道自己刚才说错了什么，但是这招以前对付别的女孩都是最有效的啊。

顾念也觉得自己一直盯着别人看好像有些不好，尴尬地转移话题："我们要去吃什么？"

孟亭柯一副谦逊有礼的样子反问顾念想吃什么。

顾念想了想，觉得第一次见面还是不要太主动，沉默了一会儿说让他决定就好。

"那我们就去我常去的一家店吧。"见顾念这么说，孟亭柯果断地做出了决定。

　　男人有时候就是要强势一点，才会让女人觉得他有主见。

　　顾念看着眼前这个宽敞明亮金碧辉煌的西餐厅，震惊地猛掐了一下自己的大腿，确定这是事实之后，才疑惑地看着孟亭柯，满脸渴望地期盼对方告诉自己只是路过。

　　没想到孟亭柯根本没有注意到顾念此刻复杂的内心，昂首阔步准备进去，还没迈进去就发现身边的人不见了，转身看见顾念站在离自己三步远的后面止步不前，一脸委屈地看着他。

　　孟亭柯温柔地走过去，柔声问："怎么了，不喜欢这里吗？"

　　顾念踌躇了一下，最终不好意思地说："我带出来的钱好像不够去里面吃一顿。"

　　孟亭柯瞬间被顾念逗笑了，却故作失望道："可是现在我们都到门口了，怎么办？"

　　感情阅历浅显的顾念哪里经历过这些，不知所措地站在原地看着孟亭柯犹豫着说要不要说换个地方。

　　大概是觉得逗逗顾念的目的已经达到了，孟亭柯才笑着解释："既然是我约你出来吃饭，怎么可能还要女生来买单呢，进去吧。"

　　"这样不好吧，我们好像还没有这么熟。"顾念想了想觉得好像两人还没有到这种关系。

孟亭柯有些失落地说:"我这是被嫌弃了吗?"

顾念连连摆手解释:"我绝对没有这个意思,只是……"

不等顾念说完,孟亭柯就打断道:"哪有这么多可是,大不了这次算我借给你,你记得还我就行。"说完顺手牵着顾念的手就朝里面走,在顾念反应过来挣脱之际,他相当自然地放开了她的手,替她拉开椅子,并示意她过来。

一顿饭下来,顾念基本上都是跟着孟亭柯的步伐来走,可是却没有任何的不适,完全没有和陈诺在一起时的那种被强迫的感觉,反而觉得一切都该是这样顺其自然。

3

回去之后,夏晓悠神秘兮兮地凑过来打听他们去了哪里,当听到顾念说出那家西餐厅的名字之后,羡慕嫉妒蔓延了全身,她愤愤道:"顾念,我要杀了你,上天对我不公平。"

随后又垂头丧气,悲痛万分地感慨:"为什么我就没有这样的好命,唯一看上的男神还不能染指。"

顾念伸手拍了拍她的肩膀,安慰她:"没事,你还有肖勇。"

听到顾念这么说,夏晓悠顿时从垂头丧气变成了绝望:"凭什么你是大才子孟亭柯,而我只能是花裤子的肖勇?"

"你要相信只有他才能将那条花裤子穿出该有的气质,你看拿给陈诺，他一定穿不出来。"

听见顾念这么说，夏晓悠立即意淫了一下陈诺穿着花裤子走到自己面前的样子，瞬间崩溃……掐断了自己继续往下想的念头，她转头教育顾念："你以为陈诺小男神的眼光和肖勇一样吗？花短裤永远只有猥琐的肖勇才能驾驭。"

倒霉的预言家夏晓悠打死都想不到，明年的夏天，陈诺真的穿着一条花短裤出现了……

## Chapter.16

抢走我的爱心早餐，以为十块钱
就能弥补我受伤的心灵吗？

1

第二天，孟亭柯打电话来叫顾念下楼，惊得顾念以为他是要她还钱，一脚没踩稳直接从床上摔了下去，吓得夏晓悠从床上蹦起来和头顶的墙做了一个亲密的接触。

夏晓悠捂着自己的头朝下看着顾念问道："你没事吧？"

"还好，没有摔死。"顾念干脆在地上坐着，打算休息一下再起来。

见她这般云淡风轻，夏晓悠长舒一口气道："幸好没事，本来就已经患有脑残这种不治之症，要是再断个手断个脚的，到时候嫁不出去，恐怕还要陈诺小男神养着，那不是白白增加他的负担？"

本以为夏晓悠是在关心自己，结果得知其中缘由，顾念顿时绝望：合着你不是关心我啊，你真正在乎的是陈诺的利益啊！顾念真想将她绑起来问一问陈诺到底给了她多少好处,你就算心里这么想,也没必要这么直白地说出来啊。

无奈她现在连站起来都有些吃力,以前看寝室的布局觉得挺好的,今天她越看床越愤怒,没事把床搁在那么高的地方干吗?!

终于在挣扎了几分钟后,顾念顽强地站了起来,一瘸一拐地朝楼下缓慢前进。孟亭柯看见她这样下来的时候吓了一跳,立马上前扶住她关切地问:"怎么了?需不需要上医院看看?"

顾念尴尬地赶紧摆手说没什么大碍,总不能告诉他"我以为你来催我还钱吓得直接从床上摔下来"吧……这种丢脸的事情自己知道就好,难不成还要拿着大喇叭宣传啊。

孟亭柯硬是坚持要从顾念去医院看看,顾念只好想办法偷换话题:"你来找我有事吗?"

孟亭柯这才想起自己来的真实目的,将手里的那份早餐举到顾念眼前,柔情似水地说:"我就知道你肯定没吃早饭,也不知道你喜欢吃什么,就照着我的喜好买了一点,还希望你不要嫌弃。"

顾念立即推辞:"这怎么行,昨天你就请我吃过一顿了,现在又……恐怕不合适吧。"

"可是都已经买好了,总不能叫我丢掉吧。"孟亭柯面露难色。

想着对方在楼下等了自己这么久,而且这东西都买好了,总不好叫对方自己吃掉吧,顾念只好硬着头皮接下,然后笑着说了声谢谢之后，一脸尴尬地回了寝室。

顾念一回去就问夏晓悠："你说这个孟亭柯是不是有毛病？昨天在楼下等了这么久他说是幸福，明明昨天已经被我宰了一顿了，为什么今天还送这种东西过来，他是钱多不当回事吗？"

夏晓悠一边刷着牙一边翻白眼："你确定你不是在变相地炫耀？"

顾念连忙摇头。

夏晓悠一口吐掉嘴里的泡沫，四十五度角仰望着天空若有所思，最后缓缓地说："你难道看不出来孟亭柯是在追你吗？"

顾念迷茫地摇头。

夏晓悠惋惜地叹气："我现在已经可以确诊你不仅智商有问题，情商也是负数，难怪时然学长会直接抛弃你，你这完全是活该。"

顾念这才领悟夏晓悠的话，不确定地问道："他这样就算是在追我吗？电视剧里不都是男主霸道地说'你是我的'之后才开始追求的吗？"

"你是韩剧看多了吧？"

"不，我看的是台剧。"

……

论此刻夏晓悠心理的阴影面积——她此刻只想找棵歪脖子树

把顾念吊死，好让她有尽快回炉重造的机会。

2

自从那以后，孟亭柯开始以各种理由变着花样地给顾念带早餐：今天是小笼包，明天就是水饺、热粥、鸡蛋……弄得夏晓悠都想回去研究研究顾念上辈子是不是拯救了全世界。

本来顾念还在纠结要不要直接拒绝孟亭柯的，毕竟自己并不喜欢他，要是这样送下去恐怕以后想要拒绝都洗脱不了嫌疑了。

但是一旁的夏晓悠恨铁不成钢地对她实行教育。用夏晓悠的话说，一个男人在追求一个女人时所做的一切就好像是在赌博，一开始就要有满载而归的信念和满盘皆输的觉悟。

她同时告诉顾念不要这么着急地做出决定，女人永远要学会放长线钓大鱼，顺便总结顾念的恋爱经历太少，这次是个好机会可以好好学习学习。

顾念不知道夏晓悠是从哪里学来的这些歪理，但是细细想来好像真的是有道理的，至少将她说服了。

虽然是这样想，但在当天晚上她还是捂着良心苦苦央求孟亭柯，不要再给她带东西来。

她觉得，就算她和孟亭柯有了什么不清不楚的关系，那也不能那样白白接受别人的好意，何况他们的关系清白得像白开水。

孟亭柯哪里肯答应，并且说顾念要是不同意他就每天早上在楼下等。最终这样执着的他将善良的顾念打败了，只好说带饭可以但是她要给他钱。

　　孟亭柯虽然心里吐槽顾念的老观念，但还是拗不过她，双方终于达成共识。

　　自此以后顾念开始心安理得接受着孟亭柯送来的早餐。

　　对于顾念的这个决定，夏晓悠是嗤之以鼻的，她觉得顾念就是脑子不好，有人对她献恩情居然还不领情。

　　这个情况并没有持续多久，一天肖勇去找夏晓悠正好撞见孟亭柯给顾念送早餐，得到如此惊天大秘密的肖勇兴奋得连夏晓悠都不要了，带着满心捉奸的喜悦感蹦回了寝室告诉陈诺。

　　陈诺知道后立即派出肖勇去夏晓悠那里打听情报，当然一开始的过程是艰难的，问来问去肖勇都没抓到重点，最终陈诺只好选择屈尊亲为。

　　于是他再次拿着肖勇的QQ套夏晓悠的话，几个对话下来，就将想要了解的情况全部问到了。

　　知道孟亭柯存在的陈诺恨不得倒回去将那束玫瑰花撕个粉碎，他现在看到玫瑰花就会想到那天晚上孟亭柯那副很欠扁的模样，什么美丽的小姐，说话跟念诗一样，当自己还在几千年前的罗马帝国时代啊。

　　肖勇一脸同情地看着陈诺，心想：看来作为一个好弟弟的护姐之路并不是那么好走啊！千辛万苦赶走了一个时然，现在又来一个孟亭柯。听说孟亭柯最会追女孩了，像念念姐这么单纯善良的不就被击败了吗，哪里还有翻身的机会啊。

　　3

　　顾念那样幸福的日子当然也没有过多久，她都还没有好好享受够这种天天被人伺候的日子，陈诺就出现了，没有一点点防备，也没有一丝顾虑。

　　那天，孟亭柯送的是她近日最喜欢吃的灌汤小笼包，可是，孟亭柯离开的背影还没有从顾念眼中消失，陈诺就不知道从哪里冒了出来，笑颜盈盈地走到她面前，毫不留情面地抓走她手里的那份早餐，还特别别扭地笑着说："我会将你这份充满了爱意的早餐融入自己胃里的，你不用担心它会浪费。"

　　顾念完全没有在乎陈诺说了些什么，要知道现在他抢走的是她最爱的灌汤小笼包！

　　她冲到陈诺面前拦住他的路，气势汹汹地说道："你把早餐还给我。"

　　陈诺极不情愿地看了顾念一眼。

随即画风一转，只见陈诺略带委屈地诉说："我还没有吃早餐的。"

在一起这么多年，顾念怎么可能被这个简单的伪装迷惑，只见她板着脸严肃地说："不要以为你装可怜我就会心软，人为财死，鸟为食亡，我是不可能放弃这份早餐的，你要是还有点良心就不应该……"

"乖，寝室在我后面，直走就到。"只见陈诺从钱包里拿出十块钱堵住顾念还在喋喋不休的嘴，直接绕过她朝自己的寝室走去，头都没有回一个。

顾念的眼睛在陈诺的背影和手里的十块钱中间来回了片刻，最终将那十块钱收入囊中，嘴里却有着宁死不屈的决心："不要以为十块钱就可以收买我，有钱了不起啊，等我什么时候有钱了，一定拿钱砸死你。"说完之后又补充，"砸死你之后再把它们捡回来。"

夏晓悠看见顾念空着手回来，疑惑地问道："今天孟大才子没有给你带早餐？这不科学啊。"

顾念将口袋里的十块钱丢在桌上，一脸愤恨地说："陈诺居然妄想用十块钱收买我，抢走我的爱心早餐，以为十块钱就能弥补我受伤的心灵吗？"

"所以，早餐被陈诺小男神拿走了？"

顾念咬牙切齿："那哪是拿走，明明就是抢走的！你现在看清楚他的正面目了吧,他是个强盗!"

顾念原以为这样多少可以让夏晓悠认清楚陈诺的真面目,哪知夏晓悠一脸崇拜地说:"果然陈诺小男神是向着我的,知道你在我面前得意太久了,所以来灭灭你的威风。"

顾念失望地摇头,夏晓悠已经无药可救了!

她气愤地开始在夏晓悠的柜子里胡乱翻找,只希望找出几个称心如意的零食,填补一下自己空虚的胃。

在那天之后,陈诺甚至来顾念这里拿早餐都免了,直接一个电话就让顾念送去他寝室,有时候还会对前一天早餐做下评价。要不是从小就被妈妈教育要照顾弟弟做人要有爱心,她发誓现在一定会在早餐里下毒让他化脓而死,要多难看有多难看。

## Chapter.17

我觉得我有必要打个电话回去问问,你是不是把智商留在了海城?

1

为了迎接接踵而至的期末考,顾念无可奈何地去图书馆复习。当然,在这种危急时刻,图书馆的存在就不单单只是摆设了,几乎每天都是人满为患,想要在这种僧多粥少的关键时刻占到一席之地,那就只能在时间上获得最直接的优势。

于是,顾念一大早就叫上夏晓悠去复习,结果夏晓悠半推半就磨磨蹭蹭到顾念实在是看不下去了还没出发。顾念只得一咬牙甩下她扛起自己的书包,分秒必争地奔向图书馆。

在顾念即将消失在寝室门口之际,夏晓悠淡定自如地叮嘱:"记得帮我占个位置。"

顾念回头看了她一眼,孤军奋战的心酸感莫名地从心底蔓延开来。但出于友好,她还是努力帮夏晓悠占了一个位置,只是这个位置最后她并没有保住……

此刻的顾念正怨愤地看着一旁的陈诺,手中正在本子上疯狂戳戳点点的笔足以表达她内心的愤怒。当她一脸期盼地等着夏晓悠的时候,陈诺就这样毫无预兆地出现了,惊得她差点从椅子上摔下去。

在顾念到了图书馆还不足十分钟的时间之后,陈诺就紧随其后地到达,淡定从容地坐在顾念占好的位置上,然后笑着说道:"果然只有你知道我喜欢向阳的位置,肖勇占的位置一点都不好。"

顾念瞠目结舌地看着陈诺坐下来,半天之后朝陈诺质问道:"谁让你坐这里的?"

"刚刚你没有拒绝。"陈诺淡定自若地从书包里拿出本子和书,开始复习。

顾念一把抢过陈诺的东西,一股脑给他塞回包里:"这是我给晓悠占的,你靠边去。"

陈诺耸耸肩:"晓悠姐恐怕不想和你在一起,毕竟肖勇在上面等她。"

看顾念还在回味上一句话里的意思,陈诺将她带来的早餐自然而然地拿过去打开,低头自顾自地开始吃。顾念恨不得将陈诺从这里丢出去,让人乱棍打死之后再鞭尸……这都是些什么人,抢了我的女人,居然还要来抢我的粮食!

顾念决定先把自己的粮食抢回来才是正道，她努力伸长胳膊从陈诺嘴里夺食："这是我的早餐。"

陈诺将早餐搁在顾念够不到的地方后，才装出一副刚反应过来的模样："不好意思，我拿错了。"说完递给顾念两个包子。

看到那两个包子的时候，顾念真想吐血而亡，米粉和包子也会拿错？那他怎么不将我也弄错啊，这样说不定就还找不到这儿呢！还有说了多少次了，买包子要加杯豆浆！顾念一边愤愤地咬着包子一边想：噎死我了！

手机的振动声立即唤回了愤怒中的顾念。夏晓悠打电话过来告诉她，肖勇已经帮她占了位置，让她把位置留给陈诺。最后还加上一句："你的智商我帮不了你，不过陈诺小男神或许可以。"说完就嫌弃地挂了电话，因为她要去吃早餐了。

顾念才知道，原来就在自己在这里为她力争位置的时候，夏晓悠那女人早就奔向了别人的怀抱，自己竟然还比不上一顿早餐，她哪只眼睛看见陈诺帮过自己，怎么不来看看陈诺之前的土匪行为呢。

转头看见陈诺那副得意的表情，顾念只真想戳瞎自己的眼睛。她早该猜到为什么夏晓悠今天这么不着急，原来早就背着自己和肖勇勾搭上了。

就在顾念为一道高数计算题头疼纠结要不要问陈诺的时候，

陈诺淡淡地从一旁偏头看了一眼，嘴上毫不留情地鄙视："顾念，你确定你今天将你的脑子一块拎了过来？"

顾念永远能够在危急时刻分清孰轻孰重。她将那道题递给陈诺，甚至连笔和本子都给陈诺准备好，将嘴角上扬的微笑控制在10度范围以内，说："陈诺，帮我解一下这道题吧。"

陈诺冷冷一笑接过顾念手中的笔，扫了一眼题目之后就在纸上飞速地进行着运算，看得顾念眼花缭乱。

顾念默默安慰自己，这不能怪自己，当初明明自己都已走上了文科的道路上了，硬是被妈妈掐死在襁褓里，将自己扳回到了会计这条不归路上。

陈诺算完之后，潇洒地一挥手将东西还给顾念，顺便嘴贱了一句："顾念，我觉得我有必要打个电话回去问问你是不是把智商留在了海城？"

此刻顾念的关注点不在这个上面，她认真地看了一遍答案之后怀疑道："陈诺，你确定你没有算错？为什么我算了四遍都没绕到这个答案上？"

陈诺白她一眼："很显然，智商问题。"然后认真地转头笑笑，"不用对我感恩戴德，我只是顺了个便。"

顾念在心里发誓：这一定是我最后一次问他！

当然太美的承诺都是因为太年轻，这样的誓言顾念一年至少要发几十遍，除了她自己已经没有人会相信这是真的了。

2

第二天，顾念果断地放弃了将时间花在弄清那些莫名其妙的数字上面，毅然决然地选择了马克思。她的想法是：我宁愿看着那些认识的汉字，死在马克思温暖的怀抱中，也不要被一群因为无聊算出一些无关紧要的公式来坑害后人的人给折磨死。

陈诺的总结程词只有一句："果然你的大脑只能用来记这些毫无挑战的句子。"

"女人何苦为难自己。"顾念毫不在乎陈诺的打击。

"那是因为你睡觉了。"

顾念只想说面对说话像念经一样的老师，说着一些你完全不能理解的公式，用着从外观上完全看不出作用的符号，你不选择睡觉难道还要跟着一起礼拜祭神吗！

见她不说话，陈诺无奈地摇了摇头："果然不懂你们这些混日子的想法。"

顾念冷哼一声，不打算理他。聪明了不起啊？瞧你那嘚瑟的样儿，迟早遭雷劈！

中午，得知顾念在图书馆看书的孟亭柯兴高采烈地带着两份饭来到图书馆，想在这种浪漫纯情的地方和顾念共进午餐，以求能够尽快拿下顾念。

就在顾念万念俱灰趴在桌子上和马克思作着最后激烈的战斗之时，孟亭柯就这样华丽地出现了，随着他一起出现的还有顾念现在最需要的物质食粮。

当孟亭柯将那两盒饭放在顾念面前的时候，顾念的眼睛都看直了，要知道她在这一个上午不知道浪费了多少脑细胞，要不是见陈诺一直没有去吃饭的打算，她估计早就冲到食堂点了双份饭开始猛烈地补充损失的脑细胞了。

孟亭柯故意无视掉一旁的陈诺，温柔似水地告诉顾念他带了她最爱的糖醋排骨。经过这些天的相处，孟亭柯早就摸清了顾念的喜好，为的就是每次都能精准地投其所好。

顾念看了看眼前那份盖着一层糖醋排骨的午饭，又看了看一旁还在旁若无人算题的陈诺，心想：自己要是在这种时候抛弃他享受生活去了，估计回来之后就可以直接提头谢罪了，到时候别说问题目，恐怕连命都不保。

此刻顾念心里在翻江倒海地挣扎着，饭是孟亭柯买的，自己不可能把两份都拿了让他直接走吧；但要是自己在吃而让陈诺饿着，这种事要是传到老佛爷那里，自己恐怕会被饿个十天十夜，最好的办法就是……自己饿着……

顾念肉痛地将那盒飘着浓浓排骨香的饭推到了陈诺面前,悲痛地将脸别到一边,忍痛割爱道:"陈诺,你应该饿了吧,这个给你我自己出去吃。"

陈诺瞟了一眼饭继续埋头做题,只从鼻腔里发出一个干净果断的鼻音,表示自己知道了。

顾念不悦地看了看陈诺:你傲娇个啥!当着外人的面也不给我留点面子。

她随即笑着对一旁的孟亭柯说:"谢谢你的午饭,陈诺刚刚还说他特别想吃糖醋排骨呢,你就送来了,简直就是雪中送炭啊,正好我想出去透透气,我就出去吃吧。"

她给夏晓悠打电话,哪知道那边传来夏晓悠歉意的声音:"念念,肖勇已经出去带饭了,我以为你和陈诺会出去吃……"

顾念当时就想撕了陈诺,收敛着力气将笔撂在桌上打断陈诺的计算:"你为什么不和肖勇一起将位置占在这里?"

陈诺鄙视道:"他们要过二人世界为什么要带上你?"

顾念噘着嘴一脸的不开心,什么理都被陈诺占了,三楼就只有他们两个人了吗?恐怕里面的电灯泡比我们还亮吧。

而被忽视许久的孟亭柯果断地将手里的东西收起来,对顾念说:"我也觉得这样的快餐不好,我陪你一起出去吃吧。"

顾念顿时不好意思地推辞:"可是你都买好了,这里还有空调……"

"没事,就当是陪陪你。"孟亭柯说完后挑衅地看了一眼陈诺。

可是陈诺嘴角微扬,在孟亭柯的注视下愉快地拿起筷子,夹了块糖醋排骨放进嘴里……

## Chapter.18

化妆就像是易容，不同的妆容给你别样的惊喜。

1

在那之后，顾念就跟孟亭柯明确地表示不要他送饭过来。孟亭柯只好作罢，倒是装模作样地带了本书直接来图书馆看书了。

面对这赤裸裸的挑衅，陈诺表现得相当淡定，除了埋头做自己的题目，还顺手给顾念将所有可能会考的重点，以及重要题型全部标了出来。

顾念捧着手中的那本重点，就像是捧着稀世珍宝一般，眼神都瞬间充满了光亮，转过身想对陈诺感慨一番的时候，被陈诺嫌弃地推开。

但顾念毫不介意，心里倍儿温暖：不枉我白白疼他这么多年，他还是在乎我的。

就在顾念万般不愿跟高数奋斗了一天,终于全身放松地躺在床上入睡时,夏晓悠从旁边像丧尸一般爬到顾念身上,那长发飘飘的样子吓得顾念差点失手将她推了下去。

夏晓悠心惊胆战地紧紧抓住可以支撑自己的地方,惊呼:"就算是你从床上摔下去的时候我没有对你表示太多的关切,你也没必要这么记仇,也没必要将我推下去陪你一起体验一下吧。"

顾念摸着自己的小心脏,惊魂未定地说:"下次我披头散发在你头顶上试试,要不是我胆子大,估计早就被你这鬼压床吓得丢了三魂七魄去。"

夏晓悠赶紧凑过去,替顾念顺着气,脸上写满了谄媚两字。

顾念谨慎地躲过夏晓悠的魔爪,警惕地看着夏晓悠问道:"有何贵干?"

"小女子有一事相求,还请您先答应。"只见夏晓悠一脸娇羞,刻意尖细的嗓音吓得顾念打了个寒战。

顾念轻咳一声,强装镇定地说:"先说清楚是什么事。我不是肖勇,也不喜欢女的,想用美色诱惑我注定会失败。"

夏晓悠凑过来拉近两人的距离之后才问道:"听说你马克思记得不错。"

顾念想了一下,迟疑地点了点头。

夏晓悠笑眼弯弯冲顾念抛了个媚眼:"帮我去考一下吧。"

顾念受到了惊吓，要知道她这短短二十年的人生里考试时给别人抄个题目都会吓出一身汗，更别说替考这样的大事情了。

　　此刻的顾念只想昏睡过去，醒来之后有个人告诉她，这只是一场梦。

　　哪知道夏晓悠早她一步知道了她的意图，直接将她眼皮撑开，万念俱灰地说："我对于那些人说的道理一点也不想记住，他们那些已经退下潮流的发言，还比不上我的那些名言警句呢，你要是不帮我，你就等着看我怎么死吧。"

　　顾念果断地摇头。

　　夏晓悠指着地上，威胁地说："你真的不帮我吗？那我现在就从这里跳下去。"

　　顾念朝下看了看，淡定地告诉她："这里死不了，你上次又不是没见我下去过。"

　　"那至少也可以断个手脚什么的。"

　　顾念笑了笑，好心地宽慰夏晓悠："等你手好了，明年的考试估计开始了，这样也好，你勇敢地向死神挑战帮自己多争取了半年的时间，还是值得敬畏的。"

　　夏晓悠不死心地问道："你真的不打算帮我？"

　　顾念果断地摇头。

## 2

经过夏晓悠几天的胡搅蛮缠之后，顾念终于不情不愿地答应了夏晓悠。顾念的考试在夏晓悠的前面，等顾念考完，就一副英勇就义的激昂表情帮夏晓悠去考试。

早上为了掩盖两人之间的不同点，夏晓悠特地贡献了自己舍不得用的化妆品，起了个大早为顾念化妆，甚至还找了当初照身份证时穿的衣服，以求达到完美的符合度。两人还是担心被看出来，甚至让顾念围了一条厚厚的围巾，给顾念剪了一个美丽清纯的空气刘海，经过了两个小时的折腾之后，总算觉得可能能安全过关了。

临走时，夏晓悠还谨慎地提醒了一句："老师怀疑的话你就说，化妆就像是易容，不同的妆容给你别样的惊喜。"

这样像广告词一样的言语，顾念哪里敢和老师说，只能强记住了夏晓悠的身份证号码和学号，希望老师问起来的时候受惊过度的自己可以本能地对答如流。

虽然已经做好了必死的心理准备，可在顾念半只脚还没有踏进考场的时候，就已经吓得站在考场门口腿软到站不起来了。

即便她已经在心里暗示了自己无数遍，自己就是夏晓悠，可是，一看考场就顿时泄气。

她只好打电话叫夏晓悠过来自己考试，本来也不是很放心的夏晓悠，在接到顾念电话的时候，吓得手机直接掉进洗脸池里，只好闻讯赶去考场门口。

眼见着时间越来越近，顾念看见迎面走来的刚好是自己的马克思老师，那张刚正不阿的脸、魁梧雄健的身材，顾念再次给夏晓悠打电话，发现已经关机了。

这一刻，顾念想着要不要通知一下陈诺帮自己料理一下后事。结果还没想完，就看见陈诺英姿飒爽的走在监考老师的旁边。

一种不好的预感从顾念心底冒出来，莫非今天监考的是马克思老师和陈诺？

完了！顾念慌张地想找个地方把自己给藏起来，可是，干净整洁的走廊连个垃圾桶都没有，哪里还有她的藏身之地。

最后顾念只好心一横，转过身，面对着墙壁，心里默念着：看不见我。

监考老师顺利通过之后，顾念顿时舒了一口气，估摸着过会儿陈诺也就过去了。

可是她一转过来，就看见陈诺正好蹲在她面前。

"呀！你怎么还在这里？"顾念被吓得往后一躲。

陈诺冷哼一声，站起来居高临下地看着她："谢谢你帮我说了台词。"

顾念羞愧地站起来，刚想伸手弄头发，就被陈诺打断："顾念，弄头发表示你在心虚害怕。"

顾念只好咧嘴勉强地微笑,挪着小碎步,想从旁边逃走。

可是,还没有走两步,陈诺长臂一挥,直接挡住了她的去路,让顾念吓得一脸英勇就义地保证:"我错了,我知道这样做是不对的,但是……"她悄悄地观察了一下陈诺的脸色,"下次我一定好好听话,做个好孩子。"

"你还想要下次?"陈诺朱唇轻启,挑了挑眉问道。

顾念被问得赶紧摇头:"没有没有,什么次都没有了。"

陈诺盯着顾念看了好一会儿,才转身准备去考室,却发现顾念拉住了自己:"还有事?"

"晓悠电话打不通,你能不能宽限一下时间,我现在去寝室叫她过来自己考。"顾念可怜兮兮的问道。

陈诺指了指不远处:"不用了,她来了。"

顾念这才放开他,打算悄悄地溜出陈诺的视线。

陈诺怎么可能让她得逞,漫不经心地说了一句:"去隔壁教室等我。"直到看见顾念进了隔壁教室,才转身去考室监考。

3.

在空无一人的教室,顾念开始酝酿这陈诺来了之后要怎么和他解释。

"陈诺,对不起,我知道替考是不对的,我那也是看见夏晓悠实在是太可怜了,我就她这么一个朋友你也是知道……"还没说完,顾念又自己放弃,"不行不行,陈诺一定会觉得是借口。"

"陈诺,我这不是还没有做嘛,你知道的,我就没有那个胆子……"顾念又摇头否定,"不行,陈诺一定会觉得不够深刻。"

……

最后,顾念一横心:"诺哥哥,小的知道错了,小的保证不会这么破坏校级校风,我会把今年的压岁钱都给你,以表决心。"

一说完就听到有人回答:"嗯,我会勉为其难接受的。"

顾念猛地一抬头,只见陈诺站在教室门口:"你什么时候来的?"

陈诺挑了挑眉,表现出一副费尽心机思考的样子:"不早,十二点过五分吧。"

顾念赶紧拿起手机一看,十二点过八分,也就是说,刚才自己说的全被他听到了?这个结论一产生,顾念就觉得像是胸口被剜去了一块肉一样,心痛。

"陈诺,我刚刚我就是开了一个小玩笑,我保证这种事情一定不会再来了,但是请你忘记一分钟前发生的一切,就当我没有来过这里。"

"没有悔改之心吗?那就只好……"陈诺开始掏手机。

顾念当然知道他是要打电话给家里的老佛爷,这件事要是被妈妈知道，恐怕就等着凌迟处死了。顾念眼疾手快地去抢陈诺的手机，却被陈诺的一个眼神给吓住了，只好委屈地解释："我只是太善良，没办法拒绝晓悠。"

陈诺看着顾念，缓缓道："好吧，那就先写三千字的保证书，记得在里面好好忏悔一下，发给我再说。"

要是知道自己好不容易铤而走险做一次坏事，不但临时退缩，退缩就算了，还被陈诺抓到把柄，顾念发誓一辈子都安安分分地做个乖孩子。

"别说三千字，只要你不跟我妈说，三万字我都愿意。"

只见陈诺狡黠一笑："那就三万字吧。"

回到寝室，夏晓悠正坐在椅子上化悲愤为食欲地吃着零食，一见顾念回来，就气愤地说："念念，友情的小船说翻就翻，你怎么能够在关键时候放弃呢？"

顾念委屈地抱住夏晓悠，往自己嘴里塞了一把薯片："我这还没作弊，就被要三万字的检讨了，要是真那样做的，估计明天你就要看见我曝尸荒野了。"

"你要写检讨？你不是认怂没有帮我考吗？"

顾念疲惫的看了一眼夏晓悠："也不看看监考是谁？"

夏晓悠作势想了一下："陈诺小男神？"

"你帮我分担一万字的检讨吧。"

本来还在互相拥抱,聊表关切的两人,只见夏晓悠果断地推开顾念:"臣妾虽然很同情你,但是我要去看马克思了,这次没考过,光看陈诺小男神去了。"

顾念只好叹了口气,乖乖地去写检讨,在这个过程中是,虽然和陈诺去交涉了一下压岁钱的事,最终除了给自己增加了一套英语四级试卷之外,什么好处都没有得到。

## Chapter.19

一个男的能够每天过来送早餐,
那就一定是想泡你!

1

接下来的考试顾念都相当顺利地过了,可是到放假前的最后一个星期,夏晓悠果断地抛弃了她,提前回家享受幸福生活的拥抱。因为陈诺的考试比顾念晚一个星期,迫切想要回去的她也只能一脸怨愤地等着陈诺一起回去。

在等陈诺考试的日子里,顾念因为在寝室睡了两天实在受不了了,打算出去透透气,于是无聊地在学校里乱转,却没想到自那次闹僵之后,再未见到过的时然出现在了顾念路过的教学楼附近。

时然看见顾念,眼里的嫌弃与憎恨溢于言表。

刚好孟亭柯过来找顾念。面对这样尴尬的场面,顾念早就想脱身了,现在孟亭柯正好是她脱身的台阶。

当两人尴尬地离开的时候,顾念听到时然愤愤地说了句:"果然物以类聚，你们两个还真是绝配啊。"

顾念被时然的话弄得莫名其妙，倒是孟亭柯像是担心顾念知道什么一样，拉着她离开，嘴里嘟囔着"神经病"。

顾念回头看了一眼时然，疑惑为什么时然对她的态度变成了这样。当然，她并没有太多时间思考清楚，一旁的孟亭柯说今天他要讨回那天请她吃大餐的付出，然后就拉着她直接去了上次吃东西的餐厅。

顾念想着欠了别人的东西早晚是要还的，这样也好，总比每天悬着一颗心在那儿强得多。

自己掏钱吃得心安理得，顾念再也没有了上次进来时的胆怯和谨小慎微。

大概是跟孟亭柯的相处太过自然，两人一边吃着东西一边聊天，从考试一直聊到放假，从上次的元旦晚会聊到过年，从喜欢的歌聊到未来想做什么。

以前顾念和陈诺说这些的时候，陈诺都会直接打断说她好烦，没想到孟亭柯居然有这么大的耐心陪着自己唠嗑。

因为边吃边说两人吃得很慢，昏黄诱惑的灯光以及面前美味的牛排，顾念也不由得开始耍起情调，她试着抿了几口红酒。虽然在上次喝酒之后，陈诺就明确命令她，没有他在的情况下不准喝酒，但现在这种时候，早就被顾念忘到九霄云外了。

回去的路上，两人都互相沉默没有说话，许是因为顾念喝了几口小酒的原因，脸颊泛红更加惹人喜欢。

借着月光的浪漫、昏暗树影的掩饰，孟亭柯抓住时机试探性地问道："念念，你觉得我人怎么样？"

"挺好的。"顾念想也没想地点头，然后疑惑地看着他，似乎不明白孟亭柯为什么这样问。

孟亭柯穷追不舍地继续问："那你可不可以帮我一个忙？"

顾念诧异地看了眼孟亭柯，仗义地拍着胸脯说："我们是朋友嘛，只要你说，只要我做得到，一定帮你。"

只见孟亭柯朝前大跨一步，站在顾念面前拦住她的去路，抓住她的肩膀，郑重其事地说："做我女朋友吧，念念。"

顾念惊得目瞪口呆，硬生生地愣在那儿一分多钟，等得孟亭柯都以为自己没有希望的时候，顾念恍然大悟地感叹了一句："你之前真的是在追我啊。"

孟亭柯看着顾念的样子，不知道她到底是答应还是不答应，这还是他第一次在女人面前这么没底，要知道以前他追女生哪个不是手到擒来，像顾念这样让他追了一个多月的真是凤毛麟角了。

许是喝了酒的原因，此刻顾念的大脑正飞速地进行着运算：这些天来，她倒是一开始也想过孟亭柯是在追她的，可孟亭柯一直没有表示，渐渐地，她都已经习惯了孟亭柯的存在了，要是现在她拒绝的话，那这些天的情感交流不就直接化作泡沫，崩裂而亡了？

最终，顾念轻咳一声当清了清嗓子，正色道："我知道了，这个忙我想我没办法拒绝。"

2

答应跟孟亭柯在一起的事情，是顾念第二天睡醒之后才猛然间想起来的，想着如今生米已经煮成熟饭，总不可能在这种时候再来拒绝吧，只好硬着头皮上阵迎战。

顾念觉得这件事实在事发突然，不知道要怎么解释给大家听，于是就连夏晓悠都一块瞒着，整天过着提心吊胆的日子，可又找不到合适的时机来说明这件事。

不过这种日子也没过多久，就在她答应孟亭柯后的第三天，陈诺刚好考试结束，豪气万丈地提议大家一起吃一顿火锅再走，毕竟有一个多月漫长的时间大家见不到面。

顾念顿时觉得自己的机会来了——可以借着这个时机来告知一下大家自己和孟亭柯在一起的事。

顾念想了想陈诺，顿时肯定了自己心中的想法。

陈诺请客，就连已经回家享受生活的夏晓悠都选择在即将分别一个多月之前，赶着回校再见一次她的小男神。

对于夏晓悠的这个想法顾念表示了十足的鄙视，夏晓悠完全不介意还一脸得意地说:"这世上只有两件东西是最忠实自己的,一个是美食,一个就是帅哥。"

顾念无法理解夏晓悠这种神逻辑,于是放弃了将她拉回正轨,毕竟前路艰辛。

吃饭的过程中,大家都在零零碎碎地说着话,顾念酝酿了好几次想和大家说自己恋爱了,但是,实在不知道要怎么说才能最简单直白地说明,又不失矜持和大方。

陈诺看了看顾念,据自己情报人员的报告,这几天她的行为有些反常,以前夏晓悠提到孟亭柯的时候,顾念总是一副不关自己事的样子,但是这两天,她好像很在乎孟亭柯。

就像现在,明明有话要和大家说,但就是在这儿憋着,硬是不肯说出来。

吃到一半的时候,陈诺忽然开口:"顾念,你是不是有事和大家说啊?"

被陈诺这句突如其来的话惊到,顾念猛地将一棵菠菜直接吞到了喉咙里,呛得眼泪直流,使劲地咳嗽着。她怨愤地盯着陈诺,心想:就是再记恨我也不至于这样害我吧。

陈诺满面春风地看着她,摆明在等着她接下来的收场。

而因为陈诺的那句话,桌上所有人的眼光都转向顾念。顾念顿时心虚，警惕地朝周围看了看，果然，肖勇眼神里的期盼，夏晓悠眼神里的探究，无一不是对着她，甚至夏晓悠已经贴心地帮她倒好了水递过来，只希望她一咳完喝口水之后立即说明。

女人八卦的那颗心啊！顾念缓缓接过夏晓悠递来的水，喝了一口之后，断断续续地说："那个……就是……嗯……"

夏晓悠的暴脾气实在受不了了，夺过顾念手中的杯子往桌上一扣，"啪"的一声把一旁的肖勇吓得打了个战。夏晓悠鄙视地扫了肖勇一眼之后对顾念道："别加这些大家都不喜欢的前戏，直接插播高潮。"

顾念只好一闭眼，视死如归地说："我和孟亭柯在一起了。"

在她说完之后，整个场面陷入了漫长的寂静。顾念缓缓地睁开眼睛，环视着大家，像个做错了事情的小孩一样，不知所措。

首先是陈诺反应过来，他高贵冷艳地说了一个字："哦。"

再是夏晓悠，只见她失望地讽刺："呵，就这事，你们要是不在一起才奇怪呢。"

最后是肖勇，他脸上风云轮换之后，一脸哀伤地说："那陈诺怎么办啊？"

顾念疑惑地问："你们早就知道了？不应该啊！"

夏晓悠恨铁不成钢地化身知心姐姐在旁边作分析："不是我们早知道，而是本来就不是什么秘密，一个男人能够每天过来送早餐,那就一定是想泡你。重点是你这种感情经历匮乏、身边的男生除了陈诺之外就只有一个时然的人,想泡你就跟泡茶一样,唾手可得。"

顾念真想一头撞死在他们面前,听到夏晓悠这么认真地在这么多人面前揭穿她感情经历单调就算了,还说得追她好像没有一点挑战难度一样,简直就是活着最失败的代表。

## Chapter.20

听说吃什么补什么，你没看出我是在补大脑啊！

1

在离开A市之前，顾念和孟亭柯好好地聊了聊天谈了谈情，算是作为临别的纪念。夏晓悠对此表示了严重鄙视，觉得顾念脑子有病才会在放假之前同意两人在一起，这不明摆着选择了独守空房，放任孟亭柯去别的女人怀抱里寻求温暖吗？

顾念倒是不介意，斩钉截铁地笃定孟亭柯绝对不会轻易背叛她。

放假回家的大箱子要搬下楼，成了此时困扰顾念的最大问题。

孟亭柯早就已经提前离开，而陈诺完全就没有理会顾念的苦苦哀求，至于肖勇本来是想要上来的但还没开始迈开步子就被陈诺一个眼神吓得往后缩了缩再也没有了行动，一脸小媳妇的样儿受到了顾念赤裸裸的鄙视。

回去的那天，顾念孤苦伶仃地提着大箱子从寝室楼上下来，大汗淋漓疲惫不堪，更可恨的是陈诺就那样悠然自得地站在前方看着她千辛万苦地下楼来，手里拿着的还是那个小得不能再小的行李箱。

顾念震惊地问："你的东西呢？"

陈诺刚想说什么，却被一旁的肖勇抢了先，他谄媚地说："陈诺已经将行李寄回家了啊。"

顾念顿时在风中凌乱了，不悦地质问道："你什么时候寄回去的，为什么不告诉我？"

"很重要吗？"陈诺漫不经心的。

顾念已经气得都开始冒烟了，凭什么这不重要？她在这里这么辛苦地搬着行李，而他却肆意妄为在她面前装着高贵优雅。

将陈诺的箱子往地上一扣，顾念仰起头拉着箱子傲娇地往前走，不打算理那两个伪君子。

见顾念只身离开，陈诺快步跟上来得意地在顾念面前轻快地晃荡。

最终顾念实在受不了直接将自己的行李往旁边一摆，挡住了陈诺的去路，强硬地说："帮我拿着。"说完，不等陈诺回答直接抢过他的行李，将自己的硬塞在陈诺手里。

这一切发生得太快，快到顾念已经拿着陈诺的行李走在前面的时候，肖勇才反应过来，心里对顾念的敬畏顿时成了崇拜，觉得顾念简直是霸气侧漏，居然敢这样对待高高在上的陈诺。

更让肖勇震惊的就是，陈诺一脸戾气但居然也乖乖地拿着行李朝前走，完全忘记了身边还有一个他。

被忽视的心酸感漫入心底，肖勇失望地叹了口气，认命地跟上他们的步伐。

2

顾念一回到海城就买了一大袋核桃摆在家里的茶几上，顾妈妈还以为顾念是体恤陈诺学习太累，拿来心疼弟弟的，结果顾念告诉她，这是她买给自己的，并且一本正经地表示谁要是敢偷吃，就是阻止她向着美好生活前进的步伐。

顾妈妈倒是习惯了顾念时不时地发神经，反而是陈爸爸听说顾念最近喜欢吃核桃，立即买了好大一袋，还明令警告陈诺不许偷吃。

在顾念一边剥着核桃一边看着电视的时候，陈诺在一旁慢悠悠地问："顾念，你要是打算像勾践体验一下人生艰苦，那你怎么不直接学他吃苦胆呢？"

顾念白了一眼陈诺，不情不愿地解释："听说吃什么补什么，你没看出我是在补大脑嘛。"

陈诺鄙视道:"就你这种智商,核桃这种小玩意怎么可能有效,只有猪脑那种大物件才能帮你。"

顾念反问:"你是觉得猪不够傻吗?"

陈诺大笑着走开,嘴里毫不留情地讽刺:"毕竟只有它和你才是绝配。"

顾念愤恨地瞪了陈诺一眼,转头继续看电视,将核桃压得咔嚓作响,动作的残暴程度就像是在弄开陈诺的头颅一样。

第二天,顾念在饭桌上看到了猪脑,她指着它疑惑地看着妈妈"您什么时候喜欢吃这个了?"

只见妈妈将那一盘猪脑推到顾念的面前,关怀备至地说:"妈妈听说你想吃这个,我想着你这么就没回来,妈妈也怪想念的,就好好疼疼你。"

顾念看着眼前的这盘像豆腐渣一样的东西,瞬间恶心得想吐,妈妈的声音在空气中来回飘荡,好好疼疼你……疼疼你……妈,你确定你不是想要谋杀我?!

顾念欲哭无泪,但猛然觉得有点不对,妈妈怎么会知道吃猪脑这件事?她本能地立即转头看向陈诺。

果然,陈诺看着她以及那盆猪脑,憋笑都快把脸憋紫了。

就知道这事和他脱不了干系,顾念却不敢在妈妈面前有任何行动,只能愁眉苦脸地开始啃着眼前的那盆猪脑,心里一直祈祷:

千万不要让我像你一样，这么苦逼地蠢死。

3

眼看着春节眨眼就到，顾念蹑手蹑脚地走进陈诺的房间，看见陈诺正在看书的背影，将嘴角微微上扬到10度，作出一个最标准的微笑，温声细语地、缓缓地开口："陈诺，我们来打个商量吧。"

"什么事？"陈诺转过身板着脸斜眼看着她。

顾念立即凑过去给陈诺又是捶腿又是捏肩，过了半晌，才柔声道："你能不能给我留一半的压岁钱？"

陈诺冷哼一声，缓缓地将顾念放在自己肩上的手拿了下去，转回去继续看书，完全不打算理会她。

顾念不死心地绕到陈诺面前，抢过他手中的书，继续问："那就四六分，你六我四，总可以了吧？"

陈诺从顾念手里硬生生地抽出书，将挺直的背部留给顾念。

顾念怎么会如此简单就死心呢，她继续绕到陈诺面前迂回作战。

几个来回之后，顾念已经从一开始的五五分，变成了0.5和9.5分了，没想到陈诺还是没有点头，最后顾念无可奈何地站在一旁怨愤地指着陈诺控诉："你这个宇宙无敌大奸商，趁着小女子四面楚歌腹背受敌之际，强占便宜，引诱小女子，威胁小女子，残害小女子，我诅咒你这样的男人以后娶的老婆是个傻子。"

陈诺嘴角勾笑地点点头:"她本来就不聪明。"

顾念像看神经病一样看着陈诺,合着他早就知道自己残害忠良祸国殃民坏事做尽已经让上天震怒,以后一定娶不到好老婆?

顾念还想说什么,陈诺却神色淡定地下驱逐令:"走吧,除非我的智商被你的智商劫持了,否则没有商量的余地。"

春节即将到来,顾念一直在想有什么万全之法能够保全自己飘在半空的小金库,终于在吃了一个星期的核桃加猪脑之后,她意识到陈诺并没有说是多少压岁钱,于是想去陈诺那里钻个空子,却没想到最后碰了一鼻子的灰。

春节的时候,顾妈妈还觉得奇怪,大过年的好时候,顾念怎么一直愁眉不展,于是不高兴地训道:"大过年的,别人都给了你红包,你哭丧个脸干吗。"

顾念怎么敢告诉妈妈,自己是在为这即将飞逝的压岁钱,做最后的默哀。

随着亲戚一个个拜访完,顾念脸上的神色越发难看,就连陈爸爸都问顾念是不是发生了什么事情。顾念看着陈诺面带微笑说着谢谢的样子,恨不得一巴掌拍下去,最好打他个半身不遂。

当顾念面带微笑双手聚过头顶，将钱置于陈诺面前的时候，陈诺冷漠地抽走顾念手中的钱，板着脸认真地数着。那副模样，在顾念看来就是一个邪恶的资本家，只听见陈诺数完之后，缓缓地说"口袋里的还是交出来吧"，说得好像帮我倒杯水一样轻巧。

顾念虽然心里怨愤陈诺的奸诈狡猾，但实际上却是心虚地含含糊糊地说："什么口袋的？"

"顾念，我爸给你的比给我的要多。"

顾念不服气地说："那我妈给你的还比给我的多呢。"

"每年妈给的都会是一样的。"陈诺眼睛微眯，看得顾念心里一阵发毛，只好伸手将口袋里的那三百块拿了出来，交给陈诺之后，心里感叹：万恶的资本家。

陈诺收了钱之后，得意地看了顾念一眼，将钱锁在了自己柜子里，只等什么时候有空就将它们存到卡里去。

顾念看着自己的钱就这么被陈诺毫不留情地拿走，心里暗自忧伤。这些年来，自从认识了顾念之后自己不知道被陈诺敲诈了多少钱走了，顾念开始梦幻地想着，要是陈诺没有抢走自己的这些钱，说不定现在自己也是一个小富婆呢。

# Chapter.21

你什么时候偷了我的身份证的?
陈诺你居然还是个小偷!

1

就在顾念还在为自己的压岁钱发愁的时候,孟亭柯打来电话祝福她情人节快乐。顾念假装生气地说:"你都不在,有什么好快乐的。"

孟亭柯神神秘秘地说:"我不会让你孤单的。"

顾念顿时羞得脸红,陈诺看见后,在一旁打击道:"要是被妈发现,你现在恐怕就不是脸红,而是脸色惨白。"

顾念这才想起一件大事,就是妈妈不准自己在毕业之前谈恋爱,但是现在都开始了,难道还要在这生米煮成熟饭的时候,硬是把米捞出来吗?

就在顾念还在思考怎么瞒天过海的时候,家里的门铃紧急响了。顾念谨慎地从猫眼看了看门口，心想，家里人都有钥匙，会是谁来自己家呢？结果她看见一个男人捧着一束花站在门外。

顾念确定自己不认识这个人，打开门打算告诉他走错门了，就听到那人问："请问是顾念小姐吗？"

顾念疑惑："你认识我？"

那人相当谦逊有礼，微微一笑："你好，这是一位姓孟的先生帮你订的，顺便要我帮他带一句话。"

"什么话？"得知是孟亭柯送给自己的，顾念立即问道。

只见那人踌躇了好久，一副想说又不好意思说的模样，看得顾念越发着急，皱着眉头不悦地追问："你倒是说呀。"

那人看了看顾念又看看那束花，最终一脸英勇就义的模样说道："我爱你。"

"啥？"顾念被吓到了，没想到那人以为是顾念没有听清楚，想着总不能一直在这儿待着吧，于是大喊一声，"我爱你。"说完便转身跑了，甚至忘记了叫顾念签收一下。

因为那句我爱你，陈家所有的人几乎全部聚集到了门口拦住顾念。妈妈率先发问："什么情况？"

顾念吓得双手哆嗦，吞了吞口水，笑得一脸勉强，只觉得再这么被她盯下去，肯定会被盯出两个洞来，眼睛环视四周，打算寻找一个帮手来替自己拦住这豺狼虎豹般的妈妈。

只见陈诺一副看好戏的模样，顾念果断伸手一指："好像是陈诺买的，我只是帮他签收了一下。"

顾妈妈探究般地看着陈诺，显然不相信顾念刚刚说的话。

陈诺看了顾念一眼，淡定地解释："是我订的，打算让爸爸送给你的，没想到什么都没有藏住这么快就被发现了。"

顾妈妈顿时害羞地脸红了，笑着说："你们就会玩，我和你爸都一把年纪了，还有什么浪漫不浪漫的。"

"这是说的哪里话，妈还很年轻呢。"顾念立即抓住时机拍马屁。

顾妈妈嘴上虽然不想要，手却早就将那束花生生地从顾念怀里夺走了，一脸害羞地说"他们年轻人真会玩"，然后将花插在了家里最显眼的地方，恨不得所有人都知道似的。

顾念看着那花，心里一阵酸楚。就知道不能整陈诺，看吧报应就来了！陈诺就不会说看在所有人都可以过情人节的情况下，姐姐一个人太孤单寂寞，就买束花同情一下姐姐吗？

还有那送花的，非要把那三个字说得这么响亮干吗？还装娇羞，都这么大声了，还有什么娇羞好装的！顾念在心里痛斥着。

就在顾念还在为那束花的事情暗自伤神的时候，陈爸爸提议说要送他们去学校，惊得顾念还不等陈爸爸说完就直接投了反对票，最后还是陈诺帮忙把话圆上的。

顾念是怕陈爸爸去了那天高皇帝远的Ａ市，自己和孟亭柯的事情，就立马浮出水面了。

陈诺大概也是不想父亲去学校吧，毕竟自从他读了初中之后，就再也没让陈爸爸去过什么学校，顶多就是家长会的时候去一下。

陈爸爸见两个小孩都不愿意自己过去，还把理由推在自己驾车不安全上面，也没有再和他们争执，只得心酸地说送他们去沈阳。

2

当顾念在电脑上疯狂刷票的时候，陈诺淡定从容地在一旁嗑着瓜子看着电视。顾念在百忙之中抽出不多的时间，转头问陈诺："你是不打算返校吗？不要我帮你抢票就算了，居然还有这样的闲情逸致在那儿嗑瓜子儿。"

陈诺瞥了一眼顾念，继续看自己的电视，甩给顾念一句："早就买好了。"

顾念惊讶地看着陈诺，怨愤地抱怨："寄东西的时候不告诉我，现在买票还不告诉我，陈诺你这小白眼狼，亏我这么多年来待你不薄，你竟然这般对我。"

只听陈诺淡淡道："我买的票，你买不起。"

顾念诧异地看着陈诺，心里盘算着自己买不起的票，好像还挺多的，买不起就买不起，说得这么直白给谁看啊。

听到陈诺告诉顾妈妈说他坐飞机过去的时候,顾念的内心是崩溃的,在陈诺那张俊美的脸上,现在顾念能够看到的只有两个字:小人。

拿着她的压岁钱,买了去 A 市的飞机票,还这么绝情地抛弃了她……顾念一气之下,手不自觉地快速按动鼠标,竟然神奇地抢到了一张火车票,面上淡定从容内心激动万分地付了钱之后,一脸不相信地感叹自己终于买到票了,恨不得拿着一沓票甩在陈诺脸上,好好地嘚瑟一下。

当然,陈诺完全不在乎这些,毕竟人家是坐飞机的队伍。

陈诺自己坐飞机也就算了,重点是还跟陈爸爸说到了沈阳之后先送他去机场。顾念怨愤地想,你坐飞机就坐飞机,用得着这么直白地在她面前炫耀吗?

顾念带着行李怨愤地跟着他们出去,一脸不悦地将脸扭向一边,硬是不理陈诺。

当顾念看着陈诺带着她的行李走的时候,赶紧拉着陈诺的行李,一边追着他一边叫唤着:"陈诺,你还我行李,里面还有我的火车票。"

没想到陈诺连看都不看她一眼,对陈爸爸说"爸爸,你回去吧,路上小心。"

顾念看着陈诺，震惊得说不出话，重点是在这种情况下，陈爸爸居然微笑着说："你好好照顾顾念念，我就先走了。念念要好好读书啊。"说完还不等顾念说话，就直接开着车子，扬长而去，留给了顾念一脸灰尘。

顾念还来不及对这突如其来的变化作出回应，就听见一旁的陈诺说："我去取票，你帮我看着行李。"

气得面目狰狞的顾念恨不得直接将自己给戳死，什么鬼？！居然还叫自己帮他看行李，不带这么欺负人的。

顾念心里的怨气已经达到了一个顶峰。

半个小时之后，陈诺举着两张票出现在她面前，还将一张票给了她，一张揣进自己兜里，得意地说："乖，哥哥知道你穷，所以带你来享受一下有钱人的生活。"

顾念看着手中的票，确定一下是自己的名字和身份证之后，眯着眼睛问道："你什么时候偷了我的身份证的？陈诺你居然还是个小偷！"

陈诺真诚地解释："我这不是怕你把身份证像你的智商一样不知道被你丢到哪里，捡都捡不起来，就帮你一块带过来了。"

顾念不屑地别过脸冷哼一声："不要以为这样我就会原谅你。"

说完跟着陈诺一起屁颠屁颠地去寄存行李，还心疼了一会儿买火车票的钱。这奸诈小人,明知道她刷得手快断了才抢到一张票,居然不说一声还平静地在一旁看着!哎哟我可爱的银子!

3

回到学校之后,顾念抢先一步提着自己的行李飞快地往寝室跑,但还是听到陈诺在后面喊的那一句——记得来帮我整理被子。

顾念只好认命地把自己寝室的卫生打扫完之后又跑去陈诺那边整理。肖勇笑得一脸天真无邪地凑过来:"念念姐,我也不会,帮我弄一下呗。"

哪知顾念还没有回答,就被陈诺狠狠地瞪了一眼,肖勇尴尬地摆着手说:"我开玩笑的,没把念念姐吓到吧。"说完自己爬上床,行动敏捷地铺好被子。

顾念看到肖勇这么迅速的动作,立即说:"肖勇,下回你帮陈诺也铺一下吧,我就不用过来了。"

肖勇千算万算也没有算计到,自己让顾念帮忙不成,居然还让顾念给自己找了件差事。

晚上,夏晓悠也来了,看到顾念后立马将行李一丢将顾念拉入怀中,诉说完自己假期的空虚寂寞后,顺便打探她和孟亭柯之间的事情。

果然,女人之间的友谊,除了逛街就是八卦了。

当顾念说完情人节玫瑰花事件之后,夏晓悠差点笑岔了过去。顾念一脸幽怨地说:"你就不会心疼一下我吗?好不容易恋次爱,居然还遇到了邪恶的寒暑假!这还不算,那个送花的还跟神经病一样,现在什么人都可以开花店了吗?一点职业操守都没有!"

夏晓悠憋着笑安慰:"别这么想不开,毕竟你还是幸福的,那束玫瑰花至少摆在你面前。哎呀,我的陈诺小男神真是足智多谋呀。"

顾念觉得和夏晓悠已经不能进行正常交流了,只能愤愤回到床上,将被子一盖准备睡觉。

## Chapter.22

顾念,你中邪了,大白天的想来谋害我!

1

孟亭柯比顾念到得迟,但是一到学校就跟顾念两个人开始你侬我侬地腻歪在一起,看得夏晓悠每天一见到顾念就说她见色忘友。

她没想到曾经温婉动人天真善良的顾念,居然拍着她的肩膀,语重心长地安慰她:"晓悠啊,听说人只有恋爱了才会变得更温和,我想你很需要这剂良药。"

夏晓悠不屑地嫌弃:"捡着你的恶意迅速离开,我要自己默默地蹲在墙角画个圈圈诅咒去。"

没想到夏晓悠的诅咒很快就应验了,就连顾念都没有来得及反应,悲伤的病毒就以迅雷不及掩耳之势地到达了顾念的身边。

顾念在和夏晓悠的交流之中得知3月14是白色情人节,在这个情人节可以回赠礼物。毕竟自从孟亭柯第一次请她吃大餐开始，顾念就心心念念着什么时候能够将那份人情给还回去。

一听说有这个特殊意义的节日，顾念就开始心潮澎湃了，打算在当天送孟亭柯一件比较合适的礼物作为回报。

当顾念3月14日打电话给孟亭柯的时候，没想到孟亭柯居然告诉她在教室里，可是顾念说去找他，他又说自己可能很忙，她过来可能会等好久，让她先回寝室，他有空了就马上来找她。

顾念倒是真的听话在寝室等着他来找她。

一旁的夏晓悠都不忍心鄙视她了，摇头无奈地说："你就这么傻愣愣地在这等他？还真是听话啊！"结果她话还没说几句，陈诺就打来电话让顾念下楼。

以前孟亭柯从来都是有求必应，怎么今天会一再推辞自己呢？顾念本来就因为孟亭柯的事情正在恼怒，加上陈诺这种时候打来电话让她下楼，她更是气愤。

所以在见到陈诺的时候，顾念没好气地问："找我什么事？"

陈诺铁青着脸，二话不说拉着顾念就走。

见这气势，顾念还以为陈诺是拉着自己去斗殴呢，却没想到陈诺来了一句："我们逛街去。"

顾念当时就想给陈诺抽一大耳刮子，这种秀恩爱的节日，不好好在家待着，自己出来添乱就算了居然还拉着她一起出来，还找死的去大街上，这不是等着被虐吗？

顾念真想将陈诺的脑袋打开看看里面是不是有什么奇怪的芯片之类的影响了他脑子的正常运作，不然一向只知道看书的陈诺怎么会突然想要出去逛街，这完全不符合他的学霸形象啊。

当然，顾念的疑虑没有得到任何的解释。

陈诺大步流星地拉着她朝着这一片最繁华的步行街走去，重点是他还一直拉着她的手。

"陈诺，你能不能别一直拉着我的手？"顾念挣脱未果，只能低声下气地要求。

陈诺回头看了一眼顾念，神色复杂，然后扭头拉着她继续朝前走。

终于到了目的地，陈诺果断地放开顾念的手。看他这一副嫌弃的模样，顾念心想：你要是不愿意大可以直接叫我过来就好，谁稀罕被你拉着啊，走路还这么快，也不照顾一下人家是个女生。

只见陈诺直接走进一家他常去买衣服的品牌商店，完全忘记了自己是拉着顾念一起来的，顾念只好嘟着嘴一脸不乐意地跟着陈诺后面进去，心里愤愤不平。

陈诺对着一大堆衣服精挑细选。平时他都只穿衬衫，看上去严谨、规矩，顾念很多时候都说他太过古板，没有一点时代的影子，但是没有想到这样一个没有潮男特色的陈诺居然走到哪儿都受大家欢迎。

看陈诺老神在在地淡定挑选,顾念等得不耐烦了,于是跟陈诺说自己要出去转一下,找点吃的填补一下自己这颗已经受伤的心灵。

陈诺倒是没说什么,让顾念好好转转,说不定能看见什么惊喜之类的意外。

顾念不屑地"喊"了一声,提着自己的包故作骄傲地走了出去。她因为走得太过决绝,没有看到陈诺勾起的嘴角。

2

顾念在大街上找着各种吃的,要知道她还没有吃中饭就被陈诺强迫地拉了出来,重点是居然还不肯打个车,硬是让她在公交车上痛苦挣扎,终于到了目的地也不带她去豪吃一顿,还去是看什么破衣服。

化悲愤为食欲的顾念在吃了一个千层饼两个烧饼三串烤肉,正打算去买一袋炸鸡柳的时候,忽然觉得正前方的那个人怎么这般眼熟,眼熟到恨不得戳瞎自己,然后当什么都没有看见……

那个告诉自己正在教室忙着的孟亭柯,此刻正一脸温柔地抱着一个女孩,两人有说有笑地吃着东西。顾念亲眼看见那女孩不知道夹了什么东西喂给了孟亭柯，孟亭柯笑脸洋溢地吃下，低头在女孩耳边说了句什么，惹得女孩含羞带怯地捶了一下孟亭柯……

顾念不想打草惊蛇，但是也止不住地焦躁不已，她火气很旺地冲炸鸡柳的老板说道："帮我加成特辣的。对了，顺便再加一份的量。"

老板一脸震惊地看着顾念，确定她并没有胡说之后，立即加了特辣酱。

在等鸡柳的过程中，顾念一直盯着面前的那对奸夫淫妇。换作别的女生，顾念可能还没有这么大的火，偏偏那个女孩是自己同班同学，而且那家伙上次考试还一脸天真地问她要考卷抄，害得她被老师点名训斥，幸好没有记过。

本来顾念想送上那一大袋鸡柳祝福他们两个恩恩爱爱永结同心的，只是，刚走几步又想了想，扭头折了回来去找陈诺。

陈诺看见顾念提着鸡柳进来还以为是顾念给自己的带的，漫不经心地说："你什么时候这么聪明了，知道我想吃鸡柳。"

顾念心情不佳地将那份鸡柳丢在陈诺面前，说："你要吃的话就都拿去吧。"

陈诺吃了一块立即辣得眼泪直流，一旁的导购员立即给他倒了杯水。

一口气灌下两杯凉水后，陈诺将鸡柳丢到顾念身边义愤填膺地说:"顾念你中邪了吗,大白天的想来谋害我。"说完后对导购员说,"这些都给我包好吧。"

陈诺去刷卡的时候,顾念冲到陈诺前面,将自己的卡递给了导购员,豪情万丈地说:"刷我的,反正现在不用还人情了,姐姐有的是钱。"

陈诺看着顾念这副样子淡定地收回自己的卡,让顾念在那里火气十足地按着密码,顺便趁着这个空当接过服务员递过来的衣服。

等顾念冷静下来的时候才发现自己这个学期的生活费已经被她刷得只剩不到四百块了,看着一旁面带微笑的陈诺,她恨不得将自己的头剁下来,一解刚才做了这样蠢事的气。

顾念怨愤地看了一眼陈诺手中的衣服,转过头让自己尽量远离这个惨痛的现实,却没想到陈诺却不打算这么轻松地放过她,凑过来假装关心地问:"你怎么了,受什么刺激了?"

现在难道还有比我给了你这么多衣服,然后自己没有钱更刺激的吗?顾念白了陈诺一眼不理他。

陈诺继续有意无意地问:"你不会失恋了吧?"

顾念立即转头看了眼陈诺,随后又转过去。她总不能告诉陈诺说自己刚好发现一对奸夫淫妇的行径却没有勇气去抓奸吗,于是只能没好气地说道:"你管我。"

"我看就像,果然你脑子没有谈恋爱这根弦。"陈诺笃定道。

顾念冷哼一声不再说话,气愤地丢下陈诺径直朝前走。

陈诺追上来,看了一眼顾念忍不住道:"你不说我也知道,像你这种智商和情商都是负数的人,注定是玩不过孟亭柯的。"

"你还我钱。"顾念说着去抢陈诺手中的衣服。

没想到,陈诺直接将衣服递给她,淡笑说:"你要是能穿我可以都送给你。"

顾念执着地重复:"把钱还我。"

"又没谁强迫你,人要为自己的冲动负责。"说完陈诺趾高气扬地留给了顾念一个后脑勺。顾念气愤地跺着脚跟上陈诺的步伐回到学校。

## Chapter.23

你们两个不要在这里打架斗殴,影响不好,好歹也是我们寝室的友谊标杆!

1

顾念像是蔫了菜一般回到寝室,一句话都不说,将包随意丢到床上之后,趴在桌子上发着呆。

一旁室友探出头来,问道:"念念,你没有和孟亭柯出去玩吗?"

顾念无精打采地抬起头,漫不经心地应了一声,又重新趴回桌子上。

夏晓悠与肖勇约会之后,风尘仆仆地从外面进来,将包随意地一丢将顾念整个从桌子上拖起来:"念念,你居然抛弃了我跟着陈诺小男神去过情人节……"

下一秒,夏晓悠就被眼睛通红的顾念惊得忘记要说什么了,她稳了稳心神之后,小心道:"我又没有怪罪你抢了我的陈诺小男神,你用不着这么深刻地忏悔吧。"

顾念撇着嘴看了眼夏晓悠,内心呐喊着继续趴回去——就不能让我自己好好地蹲在角落里悲伤一下吗?

现在她没有心情理夏晓悠这个神经病,失去男友就已经很苦闷了,重点是还失去了这个学期的生活费。

夏晓悠见顾念这副模样,还以为顾念在为没有和孟亭柯一起过情人节而感到悲伤,不打算继续追问,动作麻利地脱了鞋子,拿去阳台上晾一下。

阳台的空气太过美好,夏晓悠闭眼深深地吸了一口气,朝四周远眺了一下,刚好看见孟亭柯和班上的某某在离寝室还有一段距离的路口依依惜别。

夏晓悠以为是自己看花了,使劲地揉了两下,盯着看了半天,终于确定之后,奔回顾念的桌前,将顾念一把抓起来。

"告诉我什么情况,孟大才子怎么会和那小贱人有一腿?"

顾念已经被夏晓悠撩起了脾气,这时候也不装什么温婉有理了,不悦地冲夏晓悠吼道:"我被甩了,总可以了吧!"

夏晓悠围着顾念转了一圈之后,将信将疑地问:"不可能啊,像你顾念你这么没心没肺的,上次被时然甩了都没有这么大的情绪啊。"

顾念不耐烦地一摆手:"上次是被误会,这次可是被劈腿啊,性质不一样。"

"那也解释不通啊,孟亭柯不是对你挺好的吗?你俩昨天不还谈天说地你侬我侬的,怎么一下就劈腿了?"

　　顾念瞪了一眼夏晓悠,不情不愿地说:"你是没有看见,人家两个人黏得只差没有长在一块了,都是抱着吃饭的,也不知道吃不吃得下。"说完给夏晓悠演示了一遍她当时看到的情况。

　　完事后,打开自己买的那一大袋早就冷了的炸鸡柳,看也不看直接丢进嘴里。

　　还没等顾念反应过来,夏晓悠也伸手抓起炸鸡柳放进了自己嘴里,看到顾念辣得说不出话来,才意识到自己吃的是一团熊熊烈火。

　　辣得汗毛直立的两人轮流灌下数杯水,感觉整个口腔都肿了。

　　折腾了四五分钟,两人才渐渐恢复正常。夏晓悠开始分析被劈腿事情的起因,毕竟从刚才孟亭柯只将那小贱人送到那么远的地方来看,孟亭柯并不想让顾念知道这件事,她疑惑地问:"当时你们是怎么遇到的,孟亭柯不会那么傻往你的枪口上撞啊?"

　　顾念看了一眼夏晓悠,不情愿地说:"我怎么知道,当时我是被陈诺拉出去的。你说他有病没病,我好好地在寝室待着,硬是拖着我出去买什么衣服,娇不矫情。"

　　"陈诺叫你出去的?"夏晓悠皱着眉头反问。

　　顾念老实地点点头,嫌弃地看着夏晓悠,觉得她这么问有点多此一举。

夏晓悠忽然抬起头惊讶地说:"陈诺小男神不会是存心带着你去捉奸的吧!还是我的小男神机智,知道孟亭柯不是什么好东西。"

顾念冷哼一声:"我宁愿他安安心心地在寝室看书也不要带我去捉什么奸,有什么好捉的,还害我丢了一个学期的生活费。"

夏晓悠不解:"你捉个奸至于心神不宁到钱包被偷了吗?"

"我倒宁愿是被偷了,可是不是,全被陈诺给敲诈了。"

2

听着顾念絮絮叨叨说了事情的前因后果之后,夏晓悠先是夸奖了一路陈诺多么机智聪明多么善良可爱,然后紧接着开始笑话顾念:"念念,合着你帮陈诺刷了卡,你这么豪情万丈怎么当初不给我刷着玩一玩呢。"

顾念叹了口气,只恨自己交友不慎,不然怎么来学校的第一天就遇到了夏晓悠这个没良心的东西,平时自己待她不薄,怎么她竟然还是胳膊肘往外拐,向着陈诺呢。

夏晓悠看顾念这样,也不忍心再继续打击她,叹了口气,同情地将顾念拉在自己怀里,拍着顾念的后背,老气横秋地感叹:"果然老天还是爱我的,没有让你这种没心没肺的东西在我面前傲气太久。"

顾念恨不得现在就推开夏晓悠,看看她是不是跟自己有仇,每次自己都难受死了,她还在一旁感叹自己的人生。

不过到底是夏晓悠的怀抱太过温暖,顾念将头往夏晓悠肩上一砸,然后大声抽泣。

"晓悠啊,你说我命怎么就这么苦呢?"顾念哭得肩膀一抽一抽的,说得夏晓悠都心生怜悯,抱着顾念使劲地拍着她的后背,用力之大害得顾念一口气没抽上来,呛住了。

顾念咳得面红耳赤,她一边咳还一边盯着夏晓悠将信将疑地看了半天,确定她并没有害自己的动机和缘由之后,果断将夏晓悠推开。

夏晓悠显然没有意识到顾念会在这种时候对自己下手,完全没有一点点防备,就被顾念干净利落毫不拖泥带水地给推下了椅子,一屁股坐在顾念摆在一旁的垃圾桶里。

垃圾桶"啪"的一声碎成了渣渣,看得顾念好生心疼。夏晓悠还没有从瞬间的变化中缓过神来,愣了好久,等她缓过来的时候突然觉得屁股痛。

夏晓悠猛地从地上站起来,指着顾念愤愤不平道:"念念,我不过就说了句老天在替我整治你,你怎么就能这样对我,嫌弃我也没必要一点点防备的机会都不给我,就直接就将我推向垃圾桶啊，就算是垃圾我至少也是可回收的。"

一旁的室友看不下去了，摘下耳机对她们俩说："你们两个不要在这里打架斗殴，影响不好，还要不要'友谊标杆'的流动红旗啊？！"

夏晓悠示意她不要瞎搀和继续看她的韩国欧巴去，这场战争，人越多只会越混乱。

顾念哀怨地看着自己的垃圾桶，然后转头看向夏晓悠，哭诉道"你赔我的垃圾桶，我都已经是这副模样，你还要来火上浇油。"

夏晓悠想自己都被摔出大姨妈了也不见你心疼一句，居然还有脸叫我赔你垃圾桶？！于是冷哼一声，拉着椅子就朝自己的座位走去，完全不理会还在那里为了一个破垃圾桶而伤感的顾念，她忍不住回头道："难怪时然学长这么说你，完全是看到了你邪恶的内心啊。"

顾念仰天感叹："为什么我遇到的都是这么些渣男，一开始来了一个时然学长误会我就算了，怎么现在还给我来一个孟亭柯背叛我，真是活得久什么都让我见到了。"

夏晓悠在一旁补刀："重点是你还对他们都动了春心，你说你的爱廉不廉价。"

说起时然，顾念忽然想到当初时然冲着自己和孟亭柯说的那句话，当时因为孟亭柯拉着她离开得太过着急，她没仔细去听，加上后来孟亭柯又带着她去喝了红酒，喝得晕晕乎乎还被告白，她也就直接忘记了那天的事情。现在夏晓悠再次提起时然，她好像又记起了什么，她记得当时时然好像说了一句物以类聚之类的。

她跟夏悠然说了这个事，愤愤地说时然竟然认为她和孟亭柯是一样的人。

夏晓悠恨铁不成钢地叹口气，无奈地解释说意思就是顾念在追时然的时候还趁机和别的男人暧昧不清。

顾念一脸天真无邪地伸出三个手指对天发誓道："没有啊，我对时然学长的真心天地可鉴。"

夏晓悠冷哼一声："现在发誓有什么用，你以为你和时然还能回去吗？"

## Chapter.24

顾念,我其实没那么介意和你挤在一套公寓里。

1

顾念倒是没有在意夏晓悠说的话,她一直回想自己在追时然学长的时候好像没有做什么对不起他的事情啊,就更别说和别的人暧昧不清了。

暧昧不清?顾念忽然想到,和时然最后一次和平交流是在去年的圣诞节,那天和自己一起去的男生只有陈诺,莫非……

想着这些年陈诺对自己的种种,加上当初自己去质问的时候陈诺也坦言说他有调查过时然,并且明确表示时然配不上自己,那么也就很有可能是陈诺阻止自己和时然在一起。

顾念越想越觉得这件事情和陈诺一定脱不了关系,果然陈诺永远都是她幸福生活的阻碍和绊脚石!

想到这里,顾念顿时火冒三丈,合着自己不是被误会而是被陈诺陷害的呀！于是她抓起包冲出寝室，被一旁的夏晓悠眼疾手快地抓住："你这是干吗呢，真去找时然啊？"

顾念白了夏晓悠一眼："你当我傻，找时然干吗，我去找陈诺。"

听说顾念要去找陈诺，夏晓悠下意识地紧了紧抓着顾念的手，忙问道："你找小男神干吗？小男神又没有得罪你。"

顾念眯着眼睛反问："你真不觉得时然的事情和陈诺有关吗？为什么每次我失恋都有陈诺的份？"

夏晓悠一听还有自己小男神的份，敏捷地又将椅子拉到的顾念旁边，还狠狠地踩了一下地上的垃圾桶渣子。

两人分析来比较去，一致觉得和陈诺有莫大的关系。夏晓悠突然想到当初肖勇在 QQ 上向自己打听顾念的事，那时还只是单纯地以为肖勇是和自己站在统一八卦战线上的民众，现在看来，肖勇恐怕也逃脱不了嫌疑。

怀着对顾念的愧疚，夏晓悠委婉地告诉顾念或许可以先从肖勇那里下手。

顾念也觉得这个方法可行，心里盘算着，要是自己能够在肖勇那里得到一些证据，到时候看陈诺怎么巧舌如簧地为自己辩解。

2

顾念领着夏晓悠一路气势汹汹地来到男生寝室，结果才到陈诺的寝室楼下，阿姨就好心告诉她，陈诺已经不住里面了。顾念当时心心念念的可不是陈诺，于是对阿姨说："我来这里就只会找陈诺吗？我就不能找一下别的男生？"说完还不等阿姨发话，就直接冲向了陈诺寝室。

本来以为陈诺不在就不会有女生到来的肖勇，刚刚洗完澡，顶着寒风穿着一条裤衩就出来了。

顾念显然没有意识到肖勇会以这样的形象来开门，立即遮住自己的眼睛背过身去，冲肖勇吼道："什么时候你也学会耍流氓了，姐姐才不会这么饥不择食呢。"

站在她后面的肖勇无奈地感叹："念念姐，陈诺都不在了，你怎么还是风驰电掣，连让我们准备的机会都不给，就直接来这里看我们的身体啊。"

顾念转过身面对着肖勇问道："陈诺真的搬走了？"

肖勇受到了惊吓，直接将寝室门一关，留给顾念一次响亮的关门声，吓得她直接倒退了几步。一旁的夏晓悠等不及了，直接上前狂拍门板，喊道："肖勇，你给我出来，有事找你。"

肖勇不情不愿地将门开了一点点，畏首畏尾地探出头来，目光在她们两人身上转悠了两个来回之后，疑惑地问："找我干吗？"

夏晓悠没有理会肖勇，推开门朝里面探了探确定陈诺真的不住在里面后，问道："陈诺呢？"

肖勇无奈地吐出一大串地址，心里默默祈祷：陈诺你不要怪罪我把你出卖了，毕竟我没打算和晓悠闹掰呢。

当然，顾念和夏晓悠怎么会这么轻易地放过肖勇，扒着门缝趁他不敢回头去穿衣服的时机，对其进行了严密的审讯，直到实在问不出东西了，才不情不愿地放过他。

肖勇攥着鼻涕看两人离开，暗想果然妈妈说得对，这个世界上最不能惹的就是女人。

3

拿着肖勇给的地址，顾念打了个飞的一路狂奔到了目的地，用着包租婆的语气、包租婆的气力敲着门，俨然一副来抄家的气势。

陈诺送顾念回去之后就回到这里温书，听见顾念在敲门，故意慢吞吞地走去给她开门，脸上一副悠然自得的表情。

门一开，顾念直接推开陈诺朝里面走，环顾了一下房子之后，不悦地讽刺道："不是说要勤俭持家吗？当初让你多开一间房都不可以，怎么这个学期又是坐飞机又是租房子的，你什么时候这么有钱了？"

陈诺缓缓地关上门，笑笑："飞机那是打折票，至于这房子，户主是我。"

顾念一脸不相信地盯着陈诺："我知道你有一颗想买房的心，

人有理想固然是好的，但也得面对现实啊，你现在有这么多钱嘛。"

陈诺笑着解释："你给我的，加上我自己这些年的，我那些第一也不是白拿的，难道还买不起这一套小小的两室一厅吗？"

顾念听说这里面还有自己的钱之后，一脸怨恨恨不得将陈诺生吞活剥了。为什么有自己的钱，户主却只是陈诺的名字！这个奸诈小人，抢了她的钱，还在她面前这么炫耀地花，分明就是没有顾忌一下她的小心脏是不是能够承受。

她就知道自己是个小富婆，但是没有想到居然富裕到能够买一套房子。当然，她根本没有意识到，其实这买房子的钱她的那些还不足五分之一。

看完整个房子之后，顾念极不高兴地躺在沙发上，目光顺势一溜，茶几上摆着的正是她中午刚刚帮陈诺付完钱的衣服。

顾念瞬间想到自己来这里的目的，立马从沙发上弹起来严肃地问："陈诺，不要以为你做的那些坏事我不知道，你到底背着我做了多少见不得光的勾当？"

陈诺淡定地走过来，将自己刚刚去洗的一盘提子摆在顾念面前，不以为然地回答："不会真以为自己是苦情剧女主角吧，你这个样子再过个十年八年恐怕也是妄想。"

顾念愤怒地抓起一串提子，想象它们是陈诺的头，一边狠狠拧下一颗一边塞进嘴里狠狠地嚼："当初你到底和时然说了什么？

时然误会我就算了,但为什么他说我和孟亭柯物以类聚,我是那种不重视感情的人吗?"

"子非鱼焉知鱼之乐。"

"啥?"顾念没想到陈诺会吐出一句文言文,噎得一颗提子直接吞下肚子,半天才缓过劲来,"别以为读几个书就可以在这里咬文嚼字,有话好好说。"

"我又不是时然,我怎么知道他是怎么想的。"陈诺抓起一串提子淡淡地说。

顾念看着他那副模样,心想:你不知道难道我会知道,就连肖勇都承认了你的恶劣行径,你还有脸在这里狡辩!于是直接问:"那你说,去年圣诞节的时候,你到底和时然说了什么。"

陈诺想了一下认真地说:"你争不赢我,而我还不想把顾念交给你。"

听到这句话的顾念直接将手上的提子往茶几上一摔,扑过去压在陈诺身上,义愤填膺道:"我就知道你不安好心,难怪时然会觉得我虚伪,全都是因为你。"

陈诺压根儿没有反抗,他躺在顾念身下,眼睛淡定地看着她撒泼,甚至嘴角隐隐含着一丝笑意。

顾念丧气地放开陈诺,哀怨满面地哀叹:"陈诺,你什么时候才能放过我?我要是嫁不出去说不定你以后还要养我呢,这不是增加自己的负担吗？何必这么跟自己过不去。"

陈诺慢条斯理地坐起来，理了理衣服应了一声之后，饶有兴趣地看着她。

不知道他这意味深长的眼神是啥意思的顾念尴尬地化悲愤为食欲，抓起桌上的提子愤怒地往嘴里塞。她就知道来找陈诺是没有什么用的，你看陈诺的这个样子，再聊下去她真的不能保证自己是不是会当场就把他撕了。

两个人沉默着，一个奋力地拧下一颗颗提子吃得气壮山河，另一个轻笑着看着不说话。时间就在这沉默中悄悄溜走……

等顾念意识到时间很晚了，才惊恐地发现已经过了门禁时间了。她欲哭无泪地看着陈诺。

陈诺漫不经心地抬起手表看了看时间："顾念，我其实没那么介意和你挤在一套公寓里。"

顾念诧异地看着陈诺：这是什么意思？不介意和我挤一下，我有求你让我和你挤在一起吗？如果不是寝室关门，你以为我愿意赌上自己的一世清名和你共处一屋吗？

虽然心里想得如此波澜壮阔，但是顾念嘴里说出的话却是这样的："多谢陈大少爷恩赐。"

陈诺故作绅士地浓眉一耸，亲自将卧室门打开，示意她可以去视察了。

顾念愤愤地踏入,忽然又想起来:"你有多余的棉被吗?"

陈诺干净果断地回答了她两个字:"没有。"

顾念想死的心都有了,莫非自己又要赔上清名和他睡一张床……不过寄人篱下,有时候并不能要求太多……

## Chapter.25

既然他诬陷你劈腿，你就得有一个劈腿的样子。

1

顾念醒来时首先映入眼帘的是陈诺放大的俊脸，她来不及细细品味那张立体的面孔，尴尬地发现自己果然又流了一大摊口水，陈诺的胳膊也没能幸免地浸泡在她的口水中。顾念心下一惊，来不及掩饰，陈诺醒了……她装作懵懂地看着陈诺无奈地爬起来去浴室清洗胳膊……

还没有意识到自己的劈腿行径已经暴露的孟亭柯去找顾念，结果遇到下楼买早餐的夏晓悠。夏晓悠几次想破口大骂，但碍于当事人顾念还没表态也不好提前把事情戳破，于是心念一动，给了孟亭柯一个地址，让他自己去找。

孟亭柯一边疑惑着为什么夏晓悠对自己的态度会有这么大的变化，一边朝夏晓悠说的那个地址前进，在路上的时候，还贴心地给顾念带了一份早餐。

听到有人敲门,顾念还在抱怨大清早的谁来这里找陈诺,喊了几声见卫生间里的陈诺没有回应,只得爬起来去开门。

打开门后,一个装着早餐的塑料袋杵在她面前,把顾念吓了一跳,然后,塑料袋后冒出来一张阳光的面容,是孟亭柯。

孟亭柯笑得一脸温柔纯情:"念念,对不起,昨天我忙得……"

话还没说完,孟亭柯就惊讶地看到陈诺穿着睡衣从卫生间里走出来,一句话没说完直接卡在喉咙里。

陈诺一脸没睡醒的样子,声音慵懒地问:"念念,是谁啊?"

这存在感,俨然就是当家男主人的气势。顾念也习以为常地扭头回答是孟亭柯,自然得就像平时生活在家里一样。

说完顾念就知道自己中计了,陈诺什么时候会叫自己念念了?从小到大,陈诺都是没大没小"顾念顾念"地叫着,何时会这么温柔地对待自己。而且,她也猛然想起直到现在她都没告诉过孟亭柯她和陈诺的关系。

孟亭柯质疑的目光在陈诺和顾念之间徘徊了许久之后,将顾念已经接在手里的那份早餐直接抢了回去,一脸愤恨地说:"顾念,你居然背着我跟别的男人厮混!"

顾念因为他说的这句话直接炸毛,也懒得解释,直接对孟亭柯说:"你也别光说我,你自己不也和我们班那谁卿卿我我不清不楚吗？"

孟亭柯总算知道为什么今天夏晓悠对自己的态度这般冷漠了，觉得也没有什么好隐瞒的，于是直接摊牌："事已至此，那我们就分手吧。"

说起分手顾念就来气，心想你都劈腿了，难道还想跟我继续发展吗？我顾念就这么没有人要，硬要巴结上你孟大才子？她用前所未有的冷漠语气说："求之不得，再见。"

说完她直接将门关上，那"嘭"的一下巨响，惊得孟亭柯倒退几步，随后拎着早饭义愤填膺地离开了。

顾念完全不想解释刚才发生的一切，陈诺也没有过问，两个人平静地洗漱后，准备各自去学校了。

离开的时候，陈诺塞给顾念一串钥匙，她想都没想就收下了。

顾念直接回了学校，一到寝室就通知夏晓悠自己和孟亭柯分手了。夏晓悠冷哼一声，心想你不分手难道还打算原谅他这种出轨行为吗？所谓一回生二回熟，有些事情就是要直接压死在襁褓里。

2

不知道是因为自己竟然被甩这件事情而觉得丢脸还是为了故意刺激顾念，自从跟顾念分手之后，孟亭柯对新女友的温柔细致简直令人发指。

以前追顾念也不过是有空一起约个中餐晚上压个马路，现在，孟亭柯几乎天天跑来接新女朋友，有时甚至还会陪着她一起到顾念她们班上上课。

夏晓悠觉得不能让孟亭柯这种恶人得逞太久，于是开始对顾念进行洗脑模式。

"念念，你不觉得孟亭柯在你面前嚣张太久了吗？"

顾念疑惑地看着夏晓悠，无奈道："那是因为你没有看见他们上课的样子，恨不得以天为被以地为床在那里直接发生点什么。"

夏晓悠刺激道："你就不觉得应该治治？"

"你有办法？"

夏晓悠故意吊着她的胃口说："办法倒不是没有，只是不知道你愿不愿意。"

顾念想着只要不是杀人放火那就来吧，于是催促道："只要我能。"

只听夏晓悠简洁明了地说了一句："你和陈诺在一起。"

顾念恨不得直接一巴掌拍死夏晓悠，难道她不知道自己和陈诺是姐弟关系？就算没有这层关系，这种事情也得你情我愿啊，难道说我要和他在一起他就一定会答应？当是去买东西呢，付了钱就可以了。

一脸"我看透你了"的表情的夏晓悠慢慢分析："又不是让

你和小男神真的在一起,你可以和小男神打个商量,让小男神和你伪装成情侣在那对贱人面前好好地表现表现,免得大家还以为你被甩了呢,既然他诬陷你劈腿,你就得有一个劈腿的样子……"

还在犹豫中的顾念被夏晓悠舌灿莲花巧言令色地一阵忽悠之后,果真觉得夏晓悠说得有几分道理,反正孟亭柯都已经误会她和陈诺有什么了,为今之计,还不如好好利用一下,打击对方的气焰。

3

得到夏晓悠的提点,顾念看了看兜里唯一的一百块,觉得想要买下陈诺这个小贱人显然是不现实的,于是踌躇了半天,又问夏晓悠借了三百,打算用金钱来捕获陈诺。

顾念去附近的超市买了一堆菜,根据历届前辈总结的原则,想要捕获男人的心首先就是要捕获男人的胃,幸好一向传统的妈妈也信奉这项原则,于是也强迫顾念学了做饭这项技能。

因为早就有陈诺的课表,顾念掐算着陈诺回来的时间,提前做好了一桌菜,色香味俱全。

为了让陈诺更感动,顾念还特意全是做的家乡菜,所谓触景而生情。但是夏晓悠并不知道,陈诺从来都不是那种多愁善感之人。

然而万事俱备,只欠东风,但今天吹的是西北风,凉飕飕吹得顾念心寒……原来本来已经下课的陈诺,应了老师的邀请,帮老师去做一个市场分析报告。

顾念守着一桌子菜等了许久，最后实在熬不住，就躺在沙发上看着电视剧睡着了。等陈诺回来的时候，顾念的口水都已经快滴到地板上了。

陈诺看了看满桌的饭菜，心里轻轻一暖。看到顾念以十分不雅的姿势横陈在沙发上，无奈一笑，弯腰抱起她准备将她送去卧室床上。没想到平时睡觉死沉死沉的顾念今天居然动一下就醒了，她懒懒地问："你回来了，饭在锅里，菜在桌上，可能冷了，我去帮你热一下吧。"

看了看怀里困得眼皮都没睁开的顾念，陈诺第一次温柔地说："你要是饿了我就帮你热一下，我已经在外面吃过了。"

让陈诺热菜？这不是吓唬人吗？她瞬间清醒，瞪大眼睛看着陈诺，想着是不是自己出现幻觉了，却没想到对方接着说了一句："不要流口水，我不希望我的被子和抹布一样。"说完就将顾念丢在床上，自己一个人拿着衣服去了卫生间。

大概是嫌弃顾念每次都像鬼压床一样抱着自己睡，作为资深绅士的陈诺决定牺牲大我成就顾念，带着床棉被自己滚沙发去了。

第二天吃早餐的时候，陈诺盯着顾念漫不经心地开玩笑："你昨天又是做饭又是等门的，不会是想要我以身相许吧？"

顾念被戳中心事，一口奶直接喷到鼻腔里，差点呛死。她本来就是来请求陈诺看在姐弟情分上帮一下自己的，但是被陈诺这么一说，怎么感觉自己目的不单纯呢。

该来的躲也躲不过，不来的求也求不得，顾念深吸一口气一咬牙道："我想请你假扮一下我男朋友。"

陈诺竟然只是平静地点点头道："果然是来要我身体的啊。"

虽然惊诧于陈诺的平静，但万事开头难，既然已经开口，后面的事情也就好办了，顾念淡定地喝了一口牛奶之后，将自己的目的与缘由全都说了出来。

陈诺在一旁神色淡定地听着，等顾念说完才缓缓道："你说要娶，我就要嫁？"

顾念焦急地解释："这不是娶不娶嫁不嫁的问题，我们不过是假扮一下，就杀杀那劈腿男的气势！你说打狗还要看主人呢，我都被这么欺负了，多多少少我和你也是亲戚关系，他这么做不就是在挑战你的权威吗？"

陈诺听着顾念的分析，略微点了点头。顾念顿时眼睛发亮，但是下一秒陈诺就让她立刻认识到这家伙是从来不吃亏的。

陈诺说："可是我也不是什么随便的人，总不能这么简单地就答应吧。"

果然，就知道这家伙不是一顿饭就可以收买的！顾念在心里盘算了一下，觉得自己也没有什么好被压榨的了，于是放手一搏地问道："说吧你想怎么样。"

见事情终于回到他想要的话题上了，陈诺一脸悠然慢吞吞地说："你说你都这么说了，那我就不好拒绝你的一番好意。你就每天过来帮我做晚饭吧，在这边倒是很难吃到家乡菜，你做多久我就装多久。装男朋友的第一步是不是每天接你下课？"

面对陈诺这么赤裸裸的诱惑，即便知道前面是万丈深渊，顾念觉得自己也只能硬着头皮跳下去了。

她立即点头答应，还脑子一抽给自己加了砝码说："别说是晚饭了，一天三顿我都愿意。"

哪知陈诺淡定地点点头："那就一天三顿吧。"

顾念真想搬起石头把自己的脚砸断，什么鬼！明明是深坑了，自己居然还没事找事在坑里挖坑……

# Chapter.26

你说陈诺小男神会不会有恋姐情结?

1

临走之时,从客厅到门口的几步路,顾念简直是半步三回头,自己唯一的生活费已经归零,按现在的形式来看,要是再不找一个得力的靠山,可能就要直接饿死街头了。

可怜的她屋漏还遭连夜雨,现在不仅没有现余还负债累累,磨磨蹭蹭终于在走到门口的时候,顾念实在是忍不住极不好意思地开口道:"陈诺,我还有一个请求。"

"陪睡献吻什么的,我劝你趁早打消这个念头。"还不等顾念开口陈诺就否决掉。

顾念嫌弃地摇头:"没有没有,我要是这么染指你,我怕你一干粉丝会一人一脚将我践踏成渣渣。"看见陈诺完全没有在听自己说这些废话,顾念只好直接切入正题,"能借我三百块钱吗?自从上次我帮你……"

还不等顾念好好解释完，陈诺就直接刷刷抽出四百大洋给她，脸上写满了"拿了钱就走，不要在这里耽误时间"。

顾念数了数，以为是陈诺手快拿多了一张，刚想藏起来就听见陈诺幽幽地说："那一百是给你当小费的。"

顾念迅速将它们揣进兜里，傲娇地转头跟陈诺说了句再见就屁颠屁颠地笑着离开了。

自此以后，顾念就踏上了在寝室和陈诺公寓两头奔波的不归路。

陈诺倒是一诺千金每天都来等顾念下课，每次和孟亭柯擦肩而过的时候，顾念都故意骄傲地扬起下巴用鼻孔看人；每当这种时候，陈诺都无限宠溺地望着傲娇的顾念，转而冷冰冰地扫一眼孟亭柯。在孟亭柯看来这就是赤裸裸的炫耀，刺激之下他也更加疯狂地秀着恩爱，在外人眼里，反倒有几分刻意为之的意思。

因为觉得这样两头奔跑太过辛苦，在顾念跟陈诺诉了无数次苦之后，陈诺终于轻启玉口淡淡道："我不介意你搬过来一起住。"

顾念在权衡了很久之后，终于痛下决心带着全身家当搬了过来，成功地霸占了陈诺的另一间空房。

才搬过去没几天就有"顾念和陈诺同居"的小道消息传出，

气得孟亭柯眼睛都绿了，消息以迅雷不及掩耳之势地流传出来，还添油加醋地说孟亭柯是被抛弃才一气之下选择和顾念班上某女在一起的……

孟亭柯跟吃了炸药一样逮谁就发火，反倒顾念气定神闲，甚至还开玩笑地和陈诺说自己现在像不像被包养了。

因为顾念想着现在自己住着陈诺的房子、花着陈诺的钱，甚至有时候还会收到一点点小费，看起来和包养好像没什么区别。但是关于这个问题，陈诺倒是没有发表什么。

不久，顾念开始觉得身边经过的每个女孩子看她的时候眼神里都是充满恶意的。她找陈诺好好谈了一谈，要求给她配一件防弹服，免得哪天被暗杀。

陈诺冷哼一声："就你的级别还达不到配置防弹服级别，不行就自己加件棉衣。"

顾念恨不得立即扑过去扇死他，这都快告别冬天了还多穿件棉衣？虽然心里是这样想的，但是顾念也只敢撇撇嘴不敢抱怨啥。

2

本来气气孟亭柯的效果已经达到，顾念完全可以从陈诺那里搬出来了，但是想到自己身无分文，她觉得还是好好地待在陈诺那里吃香喝辣比较好。

夏晓悠得知顾念再也不回来和自己同床共枕之后，一脸愤慨地将顾念"壁咚"在墙壁上质问道："你说，你是不是看上我家陈诺小男神了，你们俩不会给我来真的吧？"

顾念惊得急忙摇头解释："没有没有！我们只是住在一个屋檐下，私底下我们从来不做交流的。"

夏晓悠眯着眼睛观察着顾念的表情，发现并没有什么撒谎的痕迹之后才放开她，接着表情秒变开始哀号，说顾念都已经和男神如此近距离接触了却在这种时候抛弃了自己，没有带着自己一起闯荡江湖……

忽然夏晓悠停下号哭问道："你说陈诺小男神为什么一定要你去公寓帮他做饭？"

顾念诚实地回答："他说他想吃家乡菜。"

夏晓悠"喊"了一声不屑地说："他说什么就是什么吗，我怎么觉得陈诺小男神的目的不单纯呢？"

"他能有什么不单纯的目的，我现在要财没财，图色……我脱光了在他面前他都不可能有反应，你觉得我还有什么值得他牺牲这么大的吗？"说话的过程中顾念一脸伤感，虽然她也不知道陈诺为什么会因为几顿饭就答应她这么多事，但还是理智地觉得自己确实一穷二白也无利可图。

夏晓悠明显理解错了方向，扑上来惊恐地问道："你色诱了我的小男神？可是就算你一点料都没有也好歹是母的啊，男神不至于没有一点反应吧，莫非他性无能？"

顾念连忙捂住夏晓悠的嘴，着急地转移话题："你觉得陈诺是随随便便就能诱惑到的吗？重点是他为什么愿意收留这样无利可图的我？"

夏晓悠淡淡地说："你也就空占着一个身份了。"

"你是说我是他姐姐？"

夏晓悠点了点头，上下打量了一下顾念，犹豫了一下接着说："你说陈诺小男神会不会有恋姐情结？"说完后自我肯定地点点头，继续分析，"这个事情倒不是没有可能，陈诺小男神从小到大身边的女人除了他妈就只剩下你了，他有这方面的倾向也是可以理解的。"

"还有我妈。"顾念在一旁小声提醒。

夏晓悠嫌弃地摆摆手，很不高兴顾念在这种时候打断自己，接着说："陈诺小男神绝对不可能喜欢妈妈那一类型，那就只剩下你了。总的来看，陈诺小男神不是喜欢你，而是因为迷恋你的身份。"

顾念被夏晓悠这莫名其妙不着边际的分析弄得晕头转向，现在她唯一能想通的就是：难怪陈诺和自己睡的时候这么自然；难怪他会答应自己住到他的公寓里去；难怪他总是破坏自己的姻缘，莫非……

顾念暗暗在心里下了定论：一定要跟陈诺保持距离。

3

下午，顾念告诉陈诺自己今天可能会早点回去，让他不要等自己。陈诺虽觉得疑惑，倒是没说什么，答应得干净果断。

陈诺回到公寓的时候发现顾念已经早早地梳洗完毕，推了推顾念的门发现顾念已经将门锁死了，看了看桌上的饭菜，顾念在旁边贴了个便利贴，当陈诺看到上面的字的时候，转身回去敲顾念的门："顾念，你给我出来。"

顾念吓得抖了一下，把自己蒙在被子里说："都写着让你自己热一下，我今天很累。"

陈诺冷哼一声："我忘了告诉妈你现在在用我的生活费。"

顾念惊得直接从床上蹦起来，然后跑过去将门打开，探出一个头，拉开和陈诺的距离，吞吞吐吐道："那个，你先走开，我现在就去帮你热一下。"

陈诺以为顾念又受到什么刺激了，白了她一眼，转身端正地在饭桌前坐下，等着顾念热菜。

顾念看了看端坐的陈诺，顿时觉得脖子梗一阵一阵地发凉，夏晓悠要是不提醒，自己可能永远也没有发现陈诺原来还有这么奇怪的癖好。

将菜热好之后,顾念将菜远远地放在饭桌的一角,然后对陈诺喊话:"你自己拿一下,我好累要去睡了,晚安。"说完装模作样地打了个哈欠快步朝房间走去,还不等陈诺说话就迅速地关上门。

许是见惯了顾念这样时不时地发神经,陈诺撇撇嘴拿起筷子仪态优雅地吃饭,吃完后朝顾念的房门看了一眼,转身回自己房间去了。

第二天,陈诺起来的时候,顾念已经早早地出门了,看到早餐和昨天一样孤零零地摆在饭桌上,陈诺心想莫非顾念又和那个不知好歹的家伙在一起了?

他掏出手机拨了通电话,开口的第一句话就是:"肖勇,问你件事?"

大半个月不找自己的高冷小学霸突然记起了自己,肖勇顿时觉得自己有一种被宠幸的感觉,咳了两嗓子之后,他故意压低声音说:"找我什么事?"

陈诺想了想觉得这件事有点难以启齿,但又不得不说,只好问:"我发现顾念最近好像有事瞒着我,我怀疑她背着我交了什么不三不四的人,你帮我问一下晓悠姐吧。"

肖勇那颗激动的内心顿时啪地从天堂掉进了泥潭。他叹了口气淡淡地说："晓悠最近和我在一起的时候，没听她提顾念的事情啊，顾念不和你在一起吗，我们哪会知道。"

陈诺觉得从肖勇这应该问不出什么消息，于是说了句"谢谢，再见"，就直接挂了电话。

听着电话里的忙音，肖勇略显无奈地叹了口气，确定陈诺真的不会找自己之后，将手揣回兜里，思考着自己在陈诺心中的分量。

跟肖勇打完电话后，陈诺坐在沙发上开始冥思苦想，莫非顾念还真的有智商在自己眼皮底下搞鬼？

## Chapter.27
我要是不养你,你现在还能活着在这儿和我说话?

1

顾念这几天每天都和陈诺保持距离,让她煞费苦心绞尽脑汁倍感辛苦,各种理由借口都用上了。

陈诺怎么会没有看出来顾念是在故意躲着自己,原以为顾念只是发两天神经,到时候自会复原,但是没想到,顾念居然现在连要钱这样的大事都只是写了一张便利贴贴在桌上。

陈诺捏着手里的便利贴,额间青筋乍起,将手中的便利贴扔到垃圾桶里,但嘴上却挂起一抹淡淡的笑容。

他打了个电话,便离开了公寓。

顾念一下完课就焦急地往公寓赶,但是她还没出教室门几步就看见了陈诺。

陈诺脸上的笑容迷死一大片鱼贯而出的女同学，但是顾念只觉得顿时从脚底板凉到了头发丝。

确定了一遍那真的是陈诺之后，顾念心生疑惑：出门之前明明看过陈诺的课表，陈诺应该上午有两节课，还是那个变态的西方经济学。这门课不准请假早退就算了，平时请假上个厕所都可能被扣两分平时分。陈诺没有去上课，莫非是逃课？

顾念叹了口气，努力克制嘴角因害怕而轻微抽搐，微笑着对陈诺说："你怎么来了，不是说了让你直接上完课就回去吗？"

"我没去上课。"陈诺回答得言简意赅。

顾念倒抽一口凉气：硬气啊！果然是逃课，不过这样恐怕连考试的机会老师都不会给了吧！陈诺这是打算放弃第一的位置让别的小伙伴来玩一玩？

顾念装出一副恍然的样子说："啊！没有去上课？那样会直接被取消考试资格的吧。"

陈诺淡淡地说："我请假了。"刚刚他打的那个电话就是去和经济学老师请假的。

顾念顿时痴傻地看着陈诺，片刻后，不满地问："老师准了你请假？"

陈诺点了点。

顾念在心里愤慨滔天：凭什么你就可以请假，别人上个厕所都要求上老半天,还可能会被扣两分的平时分!这个世界不公平呀,都说老师要平等对待每一位学生,老师,你确定你这么做不会引起民愤吗。

看了看一旁的陈诺,顾念不想再说话。这个世界纯看脸,外国聊天的东西叫脸书也就算了,怎么到了大中国这被孔孟熏陶多年的国度,也还如此。

陈诺看顾念一直杵在这里不打算走,就顺势牵起她的手一言不发地拖着走。

顾念被这突如其来的动作拉得一个趔趄,差点将陈诺扑倒,稳了稳身形之后,只得跟上陈诺的步子离开。

一路上,顾念一直在劝陈诺松开自己,陈诺像是没听到一般,依旧昂首阔步朝前走。

路过的人以为顾念是在故意炫耀秀恩爱,心里更加怨愤,一路上夹枪带棒的嫉妒眼神把她打得千疮百孔。

2

到公寓后陈诺一甩手将顾念甩到沙发上,顾念吃痛地蹦起来,刚想发火,但看到陈诺阴沉的一张脸之后,刚燃起的那点小火焰瞬间被浇了瓢冷水,乖乖地缩回沙发上坐着。

顾念观察着陈诺并不好看的脸色,唯今之计恐怕只能先低头认错才是上上之策。

顾念咧嘴一笑:"陈诺,我知道错了。"

"你错在哪里?"

"我不应该只给你一个便利贴让你没看到,害得你连课都没有上来找我,我应该多贴几个,防止出现这样的遗漏。"顾念一脸诚实地回答,没想到陈诺脸色越发阴沉,顾念在心里打鼓,莫非不是因为这件事?

突然,陈诺扑过去抓住顾念的肩膀,将她禁锢在沙发上。

顾念被陈诺的突然袭击吓得瞠目结舌,愣在那儿半天没有回过神来。陈诺压抑着心中的怒火,沉声问道:"顾念,你是不是有事瞒着我?"

陈诺都发火了,顾念哪里还敢不顺着他来,就算有着一颗反抗的心,到了现在也只有埋到深渊一点影子都不能让陈诺看出来。她将头摇成拨浪鼓,连连说:"没有没有……"

陈诺顺势翻了个身在顾念身边坐下,冷眼注视着前面不再说话,看似冷静却好像格外生气。

顾念小心翼翼地观察着陈诺,微微挪动了一下位置,又看了看,还是觉得不够,刚打算挪走,陈诺凛冽的眼神看过来。

"顾念,为什么躲着我?"

"我哪有躲着你,现在不是报复劈腿男的目的已经达到了嘛,我们时间又对不上,就不用麻烦你下课后还来等我了。"顾念委婉地解释。

陈诺看了眼顾念,淡淡地说:"你那负数的智商是不可能想得到这么多事情的。"

顾念就知道自己这点道行瞒不过陈诺的火眼金睛,只好决定坦白从宽,但要怎么启齿倒是个难题。她在心里思前想后了许久之后,一边观察着陈诺的脸色一边小心翼翼地开口:"陈诺,你是不是有什么奇怪的癖好啊?"

果然看见陈诺稍稍缓和的面色瞬间回到解放前,他从牙缝中蹦出两个威胁性很强的字:"顾念!"

顾念被吓得吞了吞口水,心叹,先前那几大袋核桃都白吃了,怎么还是这么蠢!就算陈诺真的有什么不良嗜好,这样直接说出来不是和找死有什么不同?顾念只好闭着眼睛一副视死如归的模样说:"我觉得你有恋姐情结。"

陈诺阴森森地盯着顾念看了半天,然后嫌弃地说:"你的意思是说我喜欢你?顾念,你觉得你自己那原始人的智商能够和我匹配吗?我从来不知道,原来智商低的人也是会自恋的呀。"

被贬低惯了的顾念倒是没在意陈诺的尖酸刻薄,一听到陈诺说不喜欢自己,她顿时长舒一口气,安慰似的拍了拍胸脯,然后疑惑地问:"那你为什么会允许我住在这里,而且还帮我这么多?"

陈诺鄙视道:"我要是不养你,你还现在还能活着在这儿和我说话?除了我之外,还有人会这么不求回报地帮你吗?"

顾念在心里细细数了一遍,她在这边除了夏晓悠好像真的就不认识什么人了,可是总不能这一个学期都麻烦夏晓悠吧……算了算,好像能够帮自己的除了陈诺真的没有其他人了。

虽然顾念觉得陈诺说的话很在理,但还是不放心地补充道"就算像你说的一样,那我们也要保持距离。所谓男女授受不亲,先人的话永远都是真理。"

陈诺冷哼一声:"我看着像这么饥不择食的人吗?"

3

陈诺下完课后刚回公寓又被老师叫去帮忙了,只好打电话告诉顾念先别急着做饭。等他回来的时候已经是晚上八九点了,发现饭桌上空空如也,他转身去敲顾念的门,过了半天之后才听见顾念哼哼唧唧的声音。

陈诺直接拿钥匙把卧室门打开,顾念正躺在床上一动不动,陈诺心下一沉,几步走到床边,伸手摸了摸顾念的额头,好烫。

"顾念你吃药了没?智商本来就没多少,现在还在这任由它燃烧,你是打算提前进入老年痴呆症的行列吗?"陈诺一把将顾念捞起来,横抱着她就往外走。

顾念睡得迷迷糊糊，被陈诺抱起之后，本能地想要拉开和陈诺的距离。

陈诺恶狠狠地冲她吼："你再动一下，我保证把你丢出去。"

顾念只好认命地乖乖躺在陈诺怀里，嘴里迷迷糊糊地说："今天我没有做饭，你自己出去吃吧。"

"管好你自己，我可没打算以后带一个老年痴呆症在旁边。"

到医院后，陈诺东奔西跑，终于将各种流程都弄完之后感觉肚子有点饿，才记起自己还没吃晚饭，顾念应该也没吃。他只好叮嘱护士帮他照看一下顾念，匆忙跑出去买了份盒饭，顺便帮顾念带了碗粥。

等他回来的时候，顾念已经清醒了不少，一直嚷嚷着要回去。陈诺没办法，将粥塞给顾念之后道："先把东西吃了，本来脑子就不好，要是再有个三长两短恐怕就真的没有人打算要你了。"

顾念接过粥，吃了两口之后就不想动了，本来右手吊着药水就不方便，这药水里估计还有让人睡眠的药物所以她特别想睡。

陈诺迅速解决了自己的盒饭，转头发现顾念已经睡过去了，粥根本就没有动过。

陈诺伸手拍了拍顾念的脸将她叫醒："顾念，起来吃东西。"

顾念靠在椅子上慵懒的嘀咕："不要，我好累。"

陈诺无奈地摇摇头,说:"那你就这么闭着眼睛,记得张口就好。"

　　果然,陈诺一说"张口",顾念就乖乖地张口,很快一碗粥就见底了。陈诺帮顾念擦了擦嘴巴,而顾念,已经差不多睡着了。

## Chapter.28

妈，正如你所看到的一样，我和
念念是真的在一起了。

1

两人回到公寓的时候已经是凌晨十二点了，因为陈诺住的是主卧，床比较大，于是他直接将顾念背进了自己的房间。

陈诺在洗完澡把顾念叫起来让她吃了药之后，就直接在顾念旁边睡下。

不知道是不是药效的作用，顾念身体开始出汗也一直踢被子，陈诺起来给她盖了两次之后，终于受不了地直接将顾念抱在怀里，免得她一直不安分。

大概是找到了个舒服的姿势，顾念在陈诺怀里倒是再没什么动静，一觉睡到大天亮，当然如果没有被打扰的话，可能还会睡更久……

原来,远在海城的顾妈妈有一个同事来这边旅游,顾妈妈就顺便叫他帮陈诺他们带了些东西过来。

但是没想到,那人到这边之后去寝室并没有找到顾念他们,打电话给顾妈妈的时候,顾妈妈的手机刚好没电,只好又将东西都送了回去。

顾妈妈拿着东西问他原因,那人说他去找的时候,寝室里的人都说他们已经搬出去住了,至于搬去哪里还不清楚,吓得顾妈妈连和陈爸爸说的机会都没有,直接就从海城飞来了A市。

顾妈妈快马加鞭地来到顾念寝室,夏晓悠一听是顾念的妈妈,立马一脸热情地叫着阿姨。

想着顾妈妈也是阅人无数的,一眼就看出夏晓悠和顾念关系肯定好,于是问她:"你知道我们家念念现在在哪儿吗?"

"念念已经不住寝室了,她没有告诉您吗?"夏晓悠疑惑。

顾妈妈一脸震惊:"念念这孩子,向来调皮,都没跟我说起这事,还害得我找到这来了。"

夏晓悠立即安慰顾妈妈:"可能是念念最近忙着学习,忘了跟您说吧。"说着将那边公寓的地址告诉了顾妈妈。

顾妈妈一脸慈祥地和夏晓悠道了个别,转头想去揪顾念,没想到夏晓悠竟然从寝室追出来递给她一枚钥匙说:"顾阿姨,这是顾念的钥匙,昨天下课落在教室了,本来我打算今天给她送过去的,您来了就麻烦您给她带过去吧。"

顾妈妈看着手中的钥匙,看来他们可能真的搬出去住了,可是这么大的事怎么也不和家里通个气,这小诺怎么也和念念一样,越来越不像话了。她这样想着,赶紧朝陈诺的公寓赶去。

2

顾妈妈拿着钥匙开了门,发现客厅里没有人,就直接去卧室找。

推开卧室门本想教训一下顾念的顾妈妈,顿时被眼前的一幕惊到了。

自己最最相信的儿子,和自己就算调皮但还算听话的女儿居然睡在一张床上,而且还丝毫不避嫌地紧紧抱在一起!要不是这些年的教学经历让顾妈妈已经经历了大风大浪,可能现在她已经直接气晕过去了。

顾妈妈气恼地一个箭步冲过去像拎小鸡一样一把将顾念拎起,痛心疾首地打了一下顾念的背:"顾念给我解释一下,这到底是怎么回事?"

本来病刚刚好的顾念,被顾妈妈这么一折腾头又开始发晕了,她双眼不聚焦地盯着顾妈妈看了许久之后,才总算反应过来——出大事了,家里的老佛爷来了!

顾念瞬间清醒地蹦起来,连声问:"什么怎么回事啊?"

顾妈妈简直快被她气死了,这都睡到一起了居然还和自己装无辜!顾妈妈没好气地将她甩到床上,气愤地喊:"你自己看看是怎么回事?"

顾念看了看自己,觉得并没有什么事情啊。然后,她惊讶地发现,这是陈诺的房间!那陈诺呢?果然,一转头就看见陈诺一脸倦容地醒过来,顶着一头乱糟糟的头发坐起来。

顾念立即吓得大气都不敢再乱出,微微抬眸观察着妈妈的表情,然后拿出一百分的诚意说:"我现在也不清楚情况,可能是昨天晚上我梦游,游到陈诺房间了吧。"

顾妈妈明显不相信地眯着眼睛缓缓道:"梦游?走错房间?还抱在了一块?"

顾念当然知道这个答案很扯,但是现在她一脑袋乱麻完全想不出别的说辞。昨天晚上她本来发烧就烧得迷迷糊糊,已经不记得到底发生了什么,要不是刚刚被妈妈提起来吓得半死,恐怕现在醒来站在床边质问陈诺的就是她自己了。

顾念一边支支吾吾地想糊弄过去,一边眨着眼睛示意陈诺来帮一下自己,这种危急时刻,只有陈诺的话才是最有效的。

陈诺昨天花了九牛二虎之力将顾念抱去医院,深夜又辛苦地背着回来,半夜还得起来看她有没有踢被子……折腾到天快亮了才睡,现在被这么吵醒,已经是一肚子火了,要不是顾妈妈在面前,不然他早就将顾念骂得狗血淋头了。

顾念看着陈诺呆坐在床上半天没有反应，焦急地伸手推了推他，催促道："你倒是解释一下啊，就跟我妈说，我们两个是清白的，我真的是梦游游过来的，而你完全不知道发生了什么。"

"妈，正如你所看到的一样，我和念念是真的在一起了。"

见陈诺开口说话，顾念立即转过去一脸真诚地看着妈妈，刚想为陈诺的话点头来着，第一下还没点完呢，她立马扭头一脸惊恐地看向陈诺。

完全就是坑王啊！陈诺就算和她有血海深仇也没必要在这种时候来害她吧，想想她还只是一个单纯善良的小女孩，哪见过这些大风大浪啊！妈妈的脸色已经如盛夏的天气，说下雨就直接乌云满天，顾念现在只觉得自己已经看不清前方的路了。

欲哭无泪间，顾念忽然发现自己好像真的看不清妈妈的脸了。

一旁的陈诺反应最快，闪电间伸手扶住倒下去的顾念。但是，到这种时候了，他还不忘证明自己和顾念之间的关系，他一脸诚恳地对顾妈妈说："妈，我是真心喜欢顾念的。"

顾妈妈如遭雷劈。

以前顾妈妈觉得陈诺不叫顾念为姐姐是因为从心底还不接受她的存在，现在她终于明白了，原来陈诺一开始就没把顾念当姐姐。

顾妈妈皱着眉不死心地看了看顾念，厉声道："顾念，你给我起来解释清楚。"

陈诺看了看烂泥一般趴着的顾念，淡淡地说："妈，顾念好像晕过去了，昨天她还在发高烧，今天才稍微好一点，恐怕……"

听说顾念刚刚发过高烧，顾妈妈心里也很担心顾念这样晕过去会有什么事情，但还是维持自己的严肃道："我来照顾她，你在后面跟着就好。"

陈诺无奈唤道："妈……"

顾妈妈脸一板，严肃地命令他："打电话叫你爸过来。这么大的事情，你们俩居然打算就这么瞒天过海？"说完，二话不说背起顾念就往门外走。

陈诺看着离开的顾妈妈，他还是第一次见顾妈妈用这样的语气和自己说话呢，只好赶紧给爸爸打了个电话，让他过来Ａ市一趟。

3

得知顾念晕倒的陈爸爸，立即放下手头工作，坐最快的一趟航班赶到Ａ市，火急火燎地就直接去了医院。

看见躺在床上病歪歪的顾念，陈爸爸将陈诺叫了出去，一脸严肃地问："你和顾念真的在一起了？"

陈诺诚实地点了点头。

陈爸爸自然知道自己儿子从来都是有样说样，绝不撒谎，于是谨慎地问:"你们发展到哪个阶段了?"

陈诺想了想,肯定地回答:"我们已经确定关系了。"

"那有没有……那个那个?"陈爸爸支支吾吾。

陈诺疑惑地看着父亲,片刻后明白陈爸爸指的是什么,于是认真地说:"在没有和顾念有正当的法律关系之前,我是绝对不会做出那种伤害她的事情的。"

陈爸爸长嘘一口气,拍了拍陈诺的肩膀:"好小子,老爸果然没有看错你,还算个男人。"

陈诺见他也没有什么要说的了,就直接转身回病房,一只脚刚踏进病房,就听见后面传来一句:"儿子,要不要我带你去检查一下,我觉得你可能有点问题。"

陈诺疑惑地转头看着爸爸,只听爸爸接着说:"你妈都说你们都抱在一块睡了,你都没有反应?莫非爸爸这些年都在忙工作,你出现了这样的大事我们都没有察觉到?"

陈诺无奈地撇了撇嘴,沉声道:"我很正常。"说完就直接走进来病房。

疑惑的陈爸爸还在念叨着:"这不科学怎么可能都这样了,陈诺居然没反应,不会真的有问题吧,那念念以后不是,唉……"说着也推门进了病房。

## Chapter.29
### 我从来就没有把她当成我姐！

1

顾念醒来的时候，就看到陈诺和妈妈面面相觑地坐着。

她不敢有什么别的动静，将眼睛睁开一条缝观察，陈诺坐在那里一言不发，妈妈一脸严肃得可以冻死一头牛……咦，旁边怎么还有人？！

顾念吓得差点坐起来，是陈叔叔！陈叔叔什么时候过来了，看来事情闹大了！她只好赶紧死死闭着眼睛继续装睡。

陈诺其实早就知道顾念醒过来了，看着她小心翼翼地观察了一圈之后又重新闭上眼睛，就知道这只鸵鸟想逃避了，于是他微微将身子坐直，声音清朗：" 顾念，你醒了啊。"

果然，这句话成功地将所有人的眼光都吸引到了顾念这里。

顾念下意识地闭紧眼睛，显然这样刻意的动作，只会让自己的伪装不攻而破。

顾念在心里将陈诺狠狠骂了一顿,然后不情不愿地睁开眼睛,刚一睁开就看见陈爸爸霎时冲过来,一脸关切地问道:"念念,现在感觉怎么样,有没有哪里不舒服?"

顾念看了看他后面的陈诺,又看了看一脸铁青的妈妈,吞了吞口水,沙哑着嗓子说道:"陈叔叔,我和陈诺其实真的……"

还不等顾念说完,陈叔叔就打断道:"我都知道,我都知道,你身体刚好点就少说点话。"说着接过陈诺递过来的一杯温水,交到顾念手上。

"您都知道了?知道了就好!"顾念顿时长舒一口气,接过那杯水,拍着胸脯安慰自己。就知道陈诺是整自己的,这家伙为了整她都完全不看时间地点,幸好她机智地晕过去了,不然恐怕还不知道要面对什么腥风血雨呢。

陈叔叔笑得喜气洋洋:"对啊对啊,虽然我们从来对你和陈诺都比较放心,你们出了这样的事情,我们也有责任。不过,我们还是可以理解的,好在你们并没有做什么出格的事情。"

"对对对,我和陈诺都是单纯善良的孩子,你们应该相信我们。"顾念赞同地点了点头。

陈爸爸笑着说:"叔叔当然相信你,只是你和陈诺都还小又还住在一起,以后还是要注意一点,免得出了什么意外。"

顾念拍着胸脯保证:"放心吧,陈叔叔,我和陈诺都是好孩子呢。"

陈爸爸一脸赞同地点点头:"我们当然知道,关于你和陈诺在一起的事情,你也不用太担心,这件事我会和你妈妈商量商量的。"

顾念登时吓得目瞪口呆,连拿杯子的手都开始发抖,泼了自己一身。她转头怒视着陈诺,用眼神控诉:合着你根本就没有解释这件事情啊,而且还将事情告诉了陈叔叔,这不是把我往死路里逼吗?!

顾念刚想解释,就听到陈诺说:"爸,你就别折腾顾念了,她刚醒说这么多很累的。"说完贴心地过去帮顾念扯了扯被子,然后贴着顾念的耳朵轻声说,"你要是再乱说,我就把时然和孟亭柯的事情和妈好好说说。"

听了陈诺的话,顾念吓得将本来已经想好的一千字解释,全部吞进肚子里,咧出一个尴尬的微笑看着陈诺慢慢站起来。

顾妈妈自然看出了陈诺是在故意阻止顾念说话,她想了想,单独把陈诺叫了出去。

顾念看着妈妈的脸色,心想:这下完了,一看就是有数不清的情况啊!陈诺到底想干吗啊,要是打算整蛊自己,也没必要把两个人的清白都要赔上吧?!

顾妈妈本来是打算让陈爸爸来处理这件事情的，毕竟陈诺不是自己的亲生孩子，但现在看来跟顾念是说不清楚的，只能先问问陈诺到底是怎么回事。

陈诺跟着顾妈妈到了走廊尽头。

顾妈妈看着陈诺，叹了口气，似乎在考虑要怎么要才能平和地跟陈诺说那些事情，终于，她缓缓道："小诺，我一直觉得你比顾念成熟，怎么你也跟着她一起胡闹？"

"妈难道觉得我们是在胡闹吗，我对顾念从来就没有胡闹过。"陈诺说。

"小诺，妈知道可能念念这些年来一直照顾你，让你对她产生了一定的依赖，但是你要清楚，这可能只是一种需要，不是一份感情。"顾妈妈拿出长者的语气和陈诺解释着。

陈诺坚定地说："妈，我清楚地知道自己对顾念的感情。"

面对陈诺这样坚定的态度，顾妈妈只好劝慰道："小诺，我知道你聪明，但是你有没有想过，感情是两个人的事情，你想过念念对你是什么态度吗？我知道从小到大你都没有失败过，可是感情不是你想要就可以有的，我看得出来，念念对你并没有那个意思。"

因为顾妈妈的话，陈诺眼里闪过一丝失望，他当然知道顾念对自己完全没有那种感情，但是，他绝对不会将顾念让给别人！他从来就不是大方的,他认为,没有人会比自己更懂得顾念,更能照顾好顾念。

陈诺顿了顿,抬眸果断决绝地说:"她现在是还不知道感情的事,但我相信,只有我能够正真完全照顾好她。"

顾妈妈无奈道:"可是她是你姐姐。"

"我从来就没有把她当成我姐。"

2

因为顾念已经醒了,大家也没打算一直在医院里待着,于是四人浩浩荡荡地回了公寓。一路上四个人都没有说话,顾念好几次想要开口解释,都被陈诺的眼神给瞪了回去,只能将苦水往肚子里咽。

要是她提前知道一场病足以将自己给卖了,打死她也不会在这种关键的时候生病,让陈诺有机可乘,也让自己跳进黄河都洗不清。

趁着爸妈在做饭的时候,顾念正襟危坐在陈诺旁边,微微拉开两人的距离,轻声道:"陈诺,你就直说我做错了什么,没必要这么费尽心思地整我,大不了我自己提头来向你请罪。"

"你难道觉得我是在整你?"陈诺认真地问。

顾念认真地看着陈诺,诧异道:"不然还会有别的原因吗,莫非你真的是喜欢我,所以和我在一起?"转念一想,又觉得不对,

"不可能啊,你说过不喜欢我的。"

陈诺点了点头道:"但我也说过,没有人会养你。"

顾念马上接嘴:"那你干吗养我?"

陈诺看了眼顾念,无奈地说:"除了我没人愿意养你,总不能看你流落街头吧。"

"哦。"顾念失望地应道,面对陈诺的打击,虽然内心有些失落,但总归觉得欣慰的是,陈诺好像是自己的摇钱树哎。

随后两人都没有再说话,虽然顾念想打破一下僵局,但是想到陈诺可以随时随地鄙视她,就默默地封住了嘴。

终于,过了一会儿,陈诺打破僵局地缓缓道:"顾念,虽然知道你一无是处,但是没想到在这种时候居然还是有用的啊。"

正在神游的顾念被陈诺突然冒出的这句话弄得莫名其妙,想了半天才弄懂陈诺说的是自己因为被妈妈一吓一口气没缓过来晕倒的事,其实也说不上是被妈妈吓的,顶多算是发烧还没好彻底还被妈妈费力地甩两下,甩到虚脱了。

顾念狠狠白陈诺一眼,决定什么话都不跟他说,反正,说来说去到最后落下风的都是她。

饭桌上,气氛也不对劲,妈妈坐在顾念旁边一言不发;陈叔叔一直让她多吃点,说生病了就要好好补补。弄得她一边观察着妈妈的表情，一边还要笑着对陈叔叔的热情做出回应。

一顿饭下来吃得顾念提心吊胆，要知道，在她眼里现在的妈妈简直就是一只母老虎，随时都有可能跳起来把她给生吞活剥了，做出这样败坏门风的事情，恐怕是会被浸猪笼的吧。

为了自己的生命安全着想，顾念现在只想什么时候能够从这里好好地逃出去。

不过话说回来，当初还是自己求陈诺，现在真想倒回去看看自己脑子是不是真的哪个时候弄丢了，怎么这么傻了呢？！

晚上，趁着妈妈洗澡的时候，顾念赶紧早早地上床睡了。大概是生病刚好的原因，本来只是为了躲避妈妈追问的顾念居然真的睡着了。

等顾妈妈来的时候，看见床上已经睡得呼吸均匀的顾念，也实在不忍心将她叫起来。看着顾念睡着的可爱面容，顾妈妈一声声叹气，他们现在也管不了孩子们的事情，何况陈诺的性子她也知道，万一真的把他逼急了，恐怕只会适得其反，闹得大家反目成仇。陈诺和顾念都已经这样了，剩下的事情，他们也只能睁一只眼闭一只眼了。

顾妈妈陈爸爸并没有打算在这里久待，毕竟在那边还有工作，而且现在该清楚的事情也都弄清楚了，没必要在这边待着，否则还会让小辈们觉得烦心。

## Chapter.30

难道你不是因为陈诺小男神
家暴进了医院?

1

第二天两人就离开了,在送他们去车站的过程中顾念一直想为自己的清白辩解,却一直没有机会,每次一开口就被陈诺给打断,就连顾妈妈陈爸爸上车了,顾念也只被允许说了一句话,就是:"叔叔妈妈再见。"

回去的途中,顾念一脸不高兴地问陈诺:"你到底要闹哪样,想玩的话也没必要弄出这样的事情啊,到时候看你怎么收场。"

陈诺看了顾念一眼,说:"难道你还看不出来吗?"

顾念呆滞地看着陈诺,半天没想出他话里的意思:"看出来什么?"

陈诺凑到顾念的耳边吐气:"我是认真的。"

顾念完全蒙了,什么叫我难道看不出来?什么叫你是认真的?

认真地不打算放过我？还是和我在一起这件事情你是认真的……能不能把话说明白一点？

顾念心里怨愤连天，陈诺对她到底是什么意思？虽然这些年来陈诺没少欺负她，但是在危急关头的时候，陈诺还是会嫌弃地对她伸出援手的。

就像她上课睡觉忽然被老师叫起来回答问题的时候，陈诺总是会在一旁提醒她，顺便将答案写到纸上让她看；虽然陈诺总是想尽办法把她的钱骗走，但还是会在她有困难的时候养着她，就像现在一样。

陈诺从来没有过女性朋友，顾念以为是陈诺不喜欢女孩子；陈诺从来不肯换同桌，顾念以为陈诺只是想整她。

一路上，顾念被各种想法困恼，她这样到底算不算和陈诺在一起了？可是她都没有答应呢怎么就确定关系了呢？这也太没有民主性了吧！

可是即便陈诺做了这么没有民主性的决定，顾念也完全没有意识到自己居然没有想过反抗，好像这件事就像是陈诺从自己这里要走了几张毛爷爷一样，虽然心疼但是绝不会反抗。

2

一到公寓，顾念就径直回了自己房间，等她静下来的时候，才想到了这次事件的另一个幕后推手,夏晓悠。

在各种情绪糅杂交错的思绪中,顾念拿起手机给夏晓悠打了个电话,没想到夏晓悠一开口就问顾念:"阿姨来寝室找过你,我把钥匙给她了,你看我机不机智。"

顾念心里起码有一万只羊驼疯狂地践踏而过:您老可真会省事,不想抽空送过来,可您老知不知道害惨我了呀。

当夏晓悠听到电话那头的顾念在一脸哀怨地说她被她害惨了的时候,还觉得顾念矫情。不就是没有将自己搬走的事情告诉大人嘛,又不是什么大事,现在大家都知道了就不和谐相处了吗?说得和天塌下来一样!当然,夏晓悠完全想不到事情已经超出她能想象的范围了。

顾念想到妈妈开门见到自己的那一刻,起先还在犹豫为什么妈妈可以这么顺理成章地进到房间里,原来是有夏晓悠这个神助攻啊!果然,不怕神一样的对手,就怕猪一样的队友。但事已至此,她只好无奈地叹了口气,只能算自己运气背,没必要去怪罪谁了。

夏晓悠忽然想到同学说顾念那天上课精神不好,于是随口问道:"念念啊,我听说你精神不好,陈诺小男神又虐待你了?"

顾念只想说夏晓悠站着说话不腰疼,那何止是虐待啊!于是哀怨地对夏晓悠说:"何止精神不好,我刚从医院出来啊。"

听说顾念去了医院,夏晓悠立即说要过来看看她。

顾念害怕自己和陈诺的事情会被夏晓悠知道，于是言语闪躲地推辞："晓悠，你这么过来恐怕不方便吧，毕竟陈诺也在这儿。"

夏晓悠哪管这么多啊，想到顾念生病她居然完全不知道，现在还不过来看看怎么过意得去，于是硬要过来。

顾念左推右拒的，夏晓悠开始觉得顾念是不是被陈诺家暴了，否则怎么会让她去看几眼都不愿意呢。

夏晓悠心里是这么想的：陈诺小男神也太暴力了吧，居然都把念念打进医院了，果然天才都是坠落人间的天使！莫非陈诺小男神真的有什么精神问题？那就更要过去了，不然念念还不知道吃多少苦呢！

这样想着，夏晓悠立刻蹦起来随手抓着包就跑出去了。

3

听到敲门声的时候，顾念就在心里暗暗感慨，夏晓悠什么时候这么执着了，她要是将这份执着用在记马克思理论上面，也不会发生"替考"事件，自己也不至于被陈诺抓住把柄，被他无耻地搜刮走了压岁钱。

夏晓悠一进门就围着顾念转了一圈，发现她裸露的皮肤上没有家暴的痕迹，心底赞叹陈诺小男神不愧是经管系第一，连家暴都这么有水平，知道不要打脸，于是，又撩起顾念的衣服仔细查看。

顾念看着在玄关处就开始对自己动手动脚的夏晓悠，一脸娇羞地说："晓悠，你就算是再想我，也没必要一见面就这般心急火燎啊，我们又不是时间紧迫。"

夏晓悠看完之后，鄙视地说："念念，你难道是被陈诺虐出妄想症了？"然后又低头呢喃，"不对啊，难道你不是因为陈诺小男神家暴进了医院？"

顾念终于明白了，原来一进门就开始掀衣撩裙的不是因为好久不见所以想念啊，合着是以为自己被家暴了过来看热闹的啊！

顾念的心情顿时跌进谷底，淡淡地说道："我只是感冒进了医院，和陈诺没有关系。"

夏晓悠一听说顾念感冒了，惊呼道："你感冒了啊，什么时候的事情？"

顾念无奈地说："就在你拿到钥匙的那天晚上。"

夏晓悠是何等聪明，自然一下就抓住了其中的重点："合着陈诺小男神宽衣解带地照顾了你一晚上？"

顾念虽然不情愿承认这件事情，但还是无奈地点了点头，她要怎么告诉她，现在不是宽衣解带的问题了，是她已经被陈诺耍得团团转还无力反抗啊。

一听这后面还起了这么多风波，八卦婆夏晓悠怎么可能轻易地就这么放过她，于是凑过来问："仅仅只是照顾了一晚上？"

顾念一想到现在和陈诺也算是男女朋友的关系，于是羞恼地反驳："你难道觉得还会有什么？"

夏晓悠怎么可能这么轻易地相信顾念的话，立即板着脸说："念念，你学坏了，以前你是不会骗我的。"

顾念装出一脸懵懂的模样："我什么时候骗你了？"

这种伎俩怎么骗得过夏晓悠，她不留情面地拆穿："告诉你个秘密吧，难怪你总是被陈诺小男神欺负，你真的不适合撒谎。"

不说这个还好，一提起这个顾念就想起了她这两天里被陈诺折磨控制的事情，于是一脸怨愤地说："陈诺就是个神经，他居然……"顾念意识到自己说漏了嘴，立即打住。

这么明显的断句，就算夏晓悠是傻子也能看出端倪。她更确定顾念有事瞒着她，于是一脸严肃地坐到顾念面前的茶几上，正对着顾念问道："念念，你有事情瞒着我。"

顾念完全没有意识到自己这么快就被夏晓悠给识破了，只好转移话题，一脸无辜地问："晓悠，你要是知道陈诺有女朋友会怎么办啊？"

"我会直接杀过去，看看谁这么有能耐敢在我的头上动土。"

听到夏晓悠的这几句话，顾念默默地撇开夏晓悠，从她旁边拿了杯水，喝着压压惊，哪知夏晓悠盯着顾念问："快说，谁在我头上动土了。"

顾念看着夏晓悠一脸傻气地笑了笑，指了指自己，缓缓地说："好像，是我。"

看到夏晓悠的表情变化之后，顾念立即解释："但我是不愿意的，我是被逼的。"

夏晓悠怨愤地看着顾念，抢过她手中的那杯水一饮而尽，现在需要压压惊的是她，心里现在已经扭成一团麻花了，等她缓过来之后，只说了一句："你是说，是陈诺小男神逼的你？"

顾念认真地想了一下，诚实地点头。

看到这一切的夏晓悠，现在只想找个地方让自己蹲着静一静，真是活久了什么都能见到，什么叫你是不愿意的，还是被陈诺小男神逼的，他身边什么样的人选不到，为什么偏偏要选一个你？而且你不从他还要逼迫，这是什么逻辑？！可是看了看顾念的脸，好一个无辜的模样，心里顿时又中了几枪！

看着夏晓悠在那儿表情古怪地思考，顾念想，你还有脸在那儿嫌弃，明明我才是受害者！于是，略带责怪地说："这一切还不都是因为你，谁让你把钥匙给我妈的。"

## Chapter.31

顾念，你以为我会这么便宜地把你让给别人？

1

顾念绘声绘色地将整件事情的来龙去脉全都说给夏晓悠听，夏晓悠越听越觉得陈诺小男神简直太帅气了！简直就是霸道总裁的范儿啊！难怪顾念被他吃得死死的。

重点是他们明明做了天理难容的事情，两位家长居然选择了沉默，这也太不可思议了！夏晓悠不得不感叹叔叔阿姨真开明。

等顾念说完之后，夏晓悠问出了整个事件中最核心的问题"你们现在这样难道不是在乱伦吗？"

夏晓悠看见顾念惊讶地抬起头，一眼就看出慢半拍的顾念对这件事情还完全没有意识。

顾念疑惑地问："这样就叫乱伦吗，我们还没发生什么啊。"

都这样了，居然还一脸天真地说没有发生什么？！夏晓悠现在只想掏出一根棒子好好敲醒顾念，这样都还不叫乱伦，那什么才是？她真想刨开顾念的脑子看看里面是不是海绵做的。

半天之后，顾念慢悠悠地自说自话："好像还真是的，不过我们不是亲姐弟啊，没有任何血缘关系。"

夏晓悠此刻真的只想找块豆腐将自己撞死，当初自己真是瞎了眼，才会和顾念这种级别智商的人做朋友！她欲哭无泪地继续道："那也不能在一起啊！顾念你确定当初真的是你自己考上大学的吗？"

顾念鄙视："不然呢！高考的每一道题都是我一笔一画做的。"

夏晓悠不屑地"喊"了一声："那又怎么样，你的智商连我都着急，我觉得陈诺小男神要不就是圣母附体所以来拯救你，要不就是和你一样哪根神经搭错了地方。"

顾念仔细地看了看自己，真的有她说的那么差吗，当初自己不还被孟亭柯追过嘛，虽然最后他劈腿了，但好歹也是有过这个经历的。顾念冷哼一声，将头撇向一边不看夏晓悠，骄傲地扬起下巴。

忽然，夏晓悠坐到顾念旁边，一脸严肃地说："顾念你真的没有想过你和陈诺这样的关系是不正常的吗？"

顾念当然知道这是来自夏晓悠的关心。确实这件事情从一开始就是错误的，可是陈诺连说话的机会都不给她。

顾念叹了口气："那又能怎样，一切还不是都要听陈诺的，何况，我妈和陈叔叔已经知道了,他们只和陈诺谈过,没有来找过我。"

夏晓悠安慰地拍了拍顾念的肩膀:"和陈诺好好谈谈吧,虽然一开始我就看出陈诺对你的心思,但是想着你没往这方面想,我也就没有告诉你,没想到他来真的啊。"

听到夏晓悠这样说,顾念猛地站起来,诧异道:"原来你早就知道,你怎么不早说啊?你要是告诉我,我会往这牢笼里钻吗?"

夏晓悠被顾念这一下逗笑了,像她这样单纯的家伙恐怕被人卖了还在感谢对方给她卖了个好价钱吧。

两人继续说了会儿话,夏晓悠想着也不能在这里耽误太久,和顾念道了个别便离开了。

2

夏晓悠一走,顾念就开始自个儿琢磨了。她绝对不能背上乱伦这个恶名,被众人耻笑,遗臭万年。

顾念立即回到房间整理东西,想要尽快离开这个地方。

她环顾了四周发现并没有什么东西好清理的,就把随身的衣服收了些,想着先在夏晓悠那里挤一晚上,等明天趁着陈诺不在家再偷偷把被子什么的带走。

于是,她以最快的速度整理好东西,还顺便将卫生间属于她的东西都一并拿走,然后拖着行李箱逃也似的离开了这个是非之地。

就在顾念为自己成功逃离的时候,陈诺悄无声息地出现在了她面前。

顾念惊慌失措之下想将自己手中的行李箱藏起,陈诺却眼疾手快地抓过她的行李箱,沉默不语地直接将她连人带箱一块拎回了公寓。

一进门,行李箱被他一甩手扔在墙边,顾念也被他直接丢到了沙发上。

顾念被陈诺这么一丢,顿时没了气焰,将脸撇向一边不敢直视陈诺,就从他刚刚抓她上来的力道上看,陈诺现在很生气很生气很生气。好疼的!顾念心里偷偷埋怨着陈诺一点也不懂得怜香惜玉。

陈诺的声音冷冷地从头顶飘下,带过一阵风霜:"顾念,你想逃?"

虽然很想承认,不过现在点头显然不是好时机,但总不能现在就直接妥协吧……顾念不知道如何选择,只好低着头不说话,打算用沉默表示反抗。

显然陈诺没有给顾念任何逃避的机会,他扳过顾念的肩膀,两人面对着面,他冷冷地问:"你到底要逃到什么时候,难道离开这里就好了吗?"

顾念看向陈诺，头一次很认真地说："陈诺，我们是不可以在一起的，先不说你不喜欢我，就算你喜欢我那也是……也是……乱伦啊，我们会被人耻笑的。"

陈诺疲惫地侧过身坐到沙发上，缓缓道："顾念，你以为我会这么便宜地把你让给别人？"

不明白他何出此言，顾念疑惑地看向陈诺。虽然她反应慢半拍，但要是现在还不清楚他的意思，那也就太傻了点吧。不过现在最重要的是，她还不清楚自己对陈诺的心意，和陈诺相处了这么多年，陈诺了解她胜过自己，但是这也并不代表他们就可以在一起呀。

"可是，陈诺……我们终归是不可以的。"顾念嗫嚅着。从小到大，陈诺在她面前永远都是骄傲的，就像现在，明明做错事情的是他，可是他还是这样理所应当。

陈诺抬头，目光灼灼："那又怎样，连爸妈都没有阻止不是吗？还是说，你觉得你能够照顾好自己？"

"陈诺，我是你姐。"顾念认真地说。

陈诺忽而一笑："我从来就没有把你当作我姐，你从来就不是我姐，只是顾念，我喜欢的那个人。"

顾念无奈地低下头，两人都陷入了沉默。顾念觉得就这样坐着挺傻的，也很尴尬，于是起身去拿自己的行李。

见顾念去拿行李，陈诺立刻紧张地站起来，满脸哀伤地问："顾念,你真的要走吗?"

顾念回头看了一眼陈诺,语气相当不好:"我回房间,你这样让我怎么走啊?"

陈诺一个人站在客厅里,偷偷松了一口气。

3

顾念在房间里开始各种纠结心塞,给夏晓悠打电话,那家伙居然在这种关键时候关机了!顾念只好一个人蒙在被子里继续胡思乱想。

从小到大,都是陈诺帮她做各种决定,最后竟然细致到她每天穿什么样的衣服,搭什么样的鞋子;她每天必须和他一起回家;她上学必须等着他,哪怕可能会迟到……

每天穿什么样的衣服?顾念像是想到什么,顿时从被窝里蹦起来找以前的照片,终于翻到一张初中毕业时他们俩的合照,那一天本来顾念是想穿漂亮的红色小短裙的,可是没想到还没出门就被陈诺拉着要求换掉了,最终换成了背带牛仔裙;而陈诺穿的就是同色系的牛仔裤,也是陈诺硬拉着顾念照的这张合照。顾念记得陈诺当时是这么跟她说的:我们俩要是不照一张合影,妈会以为我们感情不和的。

现在看着照片,顾念算是彻底明白了,敢情陈诺是变相地要和自己照情侣照啊,而且还不动声色地搭了一套情侣装出来。

　　顾念轻轻地笑了笑,那自己对陈诺呢?想着小时候的夜晚,妈妈还没有回家,她一个人害怕地躲在被子里,所以当陈诺出现的那一刻,她是高兴的,甚至在陈诺钻进她被窝的时候,她完全没有意识到陈诺是个男孩子,想的全是终于有一个人可以陪着她了。哪怕陈诺总是在打击她,但是除了暗示自己要在打击中成长之外,她还是很乐意跟着陈诺的,毕竟,他从来没有丢下过她啊……

　　心里翻过一层轻盈的美好,但顾念一想到陈叔叔和妈妈,如果她和陈诺在一起了,那么他们就……

　　顾念平生第一次陷入漫长的思考……

# Chapter.32

念念,你是不是把陈诺小男神的
脑子给吃了,不然小男神怎么会
看上你?!

1

顾念在各种尴尬情绪之中,隐约还是觉得和陈诺在一个屋檐下是不应该的,最终在纠结了几天仍没有结果之后,她决定先出去好好平静平静,毕竟这种事情她是第一次经历,况且她觉得自己真的不能够正常地面对陈诺了。

当然,顾念是趁着陈诺不在的时候逃掉的,也不管之后会不会被陈诺找到再挨一顿训斥了。

夏晓悠看见顾念提着行李箱进寝室的时候,吓了一跳,因为她发现顾念简直是把自己从寝室带出去的全副身家又原封不动地给带了回来。

夏晓悠穿着清凉的短裤内衣从床上面蹦下来,一脸不可置信地问:"小男神把你给甩了?我就知道以小男神的眼光怎么可能看上你，可是，这么快就把你赶出来也太迅速了吧。"

顾念鄙视地剜了一眼夏晓悠，这家伙难道就没有同情心这种东西吗？好歹自己搬东西搬得这么辛苦，她居然不安慰自己一句，居然还在幸灾乐祸！

"你想多了，我是逃出来的。"

多么简短有力的回答，听在夏晓悠耳朵里就是顾念在她面前炫耀，说得多么像陈诺小男神生怕她不见了所以看得很紧，就连出个门还要用逃的。

"念念，以后能不能不要每次这么诚实。"夏晓悠受到了伤害，忽然又觉得不对，难道说……

为了证实心中的疑问，她立即问："念念，你把陈诺小男神给甩了？"

面对夏晓悠的问题，顾念很是认真地思考了一下，然后天真地反驳："没有啊，我只是还没有想好怎么面对陈诺。"

听到顾念这样的回答，夏晓悠恨不得立刻扑上去把她咬死——这么好的陈诺摆在面前，结果顾念说还没有想好怎么面对陈诺小男神！这简直就是对自己的挑衅！不就是欺负自己没有人追吗，不带这么欺负人的……

夏晓悠忽然又发现，顾念带回来的大包小包里没有被子，她只是把自己的衣服全给带了出来，其中还包括冬装。夏晓悠真想撬开顾念的脑子看看她是不是上次发烧把脑子烧坏了,眼见着就要夏天了,拿那些羽绒衣回来到底有什么意义。

夏晓悠冷眼看着顾念将衣服一件件地放进柜子,咬牙切齿地提醒:"念念,你就这样回来了?是打算直接睡床板啊?"

顾念一边埋头整理东西,头也不回地回她:"我和你睡呀。"

多么简短以及不可拒绝的回答啊!跟陈诺小男神在一起以后,说话的方式和风格都被传染了。果然,能和陈诺成为一家人的都不会傻到哪儿去,看来顾念也许是聪明的另一种代表——大智若愚啊。

夏晓悠绕到顾念前面,抓起她刚刚放进柜子的一件厚袄子,一脸嫌弃地问:"你把这些拿出来又有什么意义?"

顾念用一副看白痴的表情看了一眼夏晓悠,一脸的嫌弃,似乎觉得对方打扰到自己了。

"既然人都出来了,就不能给陈诺任何幻想,不然到时候他抱着我的衣服在那儿聊表怀念呢,对他不好的。"

夏晓悠被她的言论震得半天说不出话,好半天后吐出一句"难道你就不怕陈诺会直接睡到你的被窝里怀念吗?"

顾念毫不犹豫地否定"不可能,他嫌弃我的床没有他的舒服。"

这……夏晓悠感觉自己和顾念的对话完全不在一条线上,心里默默觉得,陈诺小男神一定是在骗大家,否则怎么会看上顾念这个小傻瓜！一定是的！

2

自从顾念搬回寝室之后，夏晓悠就不得不承受着顾念无心的各种惨不忍睹的虐待。当然，有一件事顾念没有告诉夏晓悠，她将寝室带过去的家当又都带了出来的同时，也只带了搬过去时口袋里的那一点点钞票……

本来想着会不会有人好心给自己打点钱的，然而，顾念勤快地跑了好几趟银行查了之后终于绝望了。她银行卡里的钱还因为扣费的原因，连在自动取款机取最小面值都不够了。

在夏晓悠亲眼目睹一向对吃很有讲究的顾念吃了三天的泡面之后，一脸同情地关心道："念念，就算你觉得抛弃了陈诺小男神想要独自忏悔，也没必要用泡面毒死自己吧，这过程太漫长了！"

在努力吞着最后一口泡面的顾念，翻着白眼回答夏晓悠："你觉得我像是那种言情剧里面要死要活的女主角吗？还用泡面毒死自己，这么浪费钱的事，我要是真想死会直接碰个瓷，好歹还有点补贴留给我妈。"

夏晓悠看着分析得头头是道的顾念，心想：莫非顾念真的变聪明了，连碰瓷这种事情都被她想到了。于是她疑惑地问道："那你为什么每天都在吃泡面，还不舍得买桶装的。"

顾念咽下最后一口泡面，顺便将汤也喝了个精光之后，一脸哀伤地说："我出来的时候……忘记拿钱了。"

听到这个回答的夏晓悠笑得差点从椅子上摔下来，从来没有见过顾念这么傻的人，当时她可是一脸得意地说自己从陈诺那里逃了出来，结果还没几天就把自己给弄成这副模样了。

夏晓悠语重心长地道："念念，你是不是把陈诺小男神的脑子给吃了，不然小男神怎么会看上你，明摆着给自己添堵嘛。"

顾念拍了拍撑得很饱的肚皮，无奈地说："他又没说喜欢我，只是说会养我。"

夏晓悠简直被顾念的智商轰出内伤了，她不遗余力地表达着对陈诺的同情："陈诺小男神说养你？就你吃泡面都还得泡两包的量，陈诺小男神要养你也是蛮辛苦的呢。"

顾念觉得不能和她愉快地交流了，于是把头一昂，动作敏捷地爬上夏晓悠的床，找了个舒服的姿势闭目养神。

夏晓悠站在床边继续鄙视："念念，就算生无可恋，也没必要这么糟蹋自己，吃了就睡，你真当自己是二师兄啊。"

3

晚上，独自吃完晚饭回来还特意帮顾念带了一份的夏晓悠，不情不愿地将饭放在顾念桌上，嫌弃地看了一眼正在看某台湾偶像剧的顾念，撇着嘴不悦道："念念，你到底要硬撑到什么时候，活不了就回去啊，就像小男神说的，只有他会养你。"

她就没见过，已经穷成这种样子的人，有脸在寝室里蹭吃蹭喝就算了，竟还闲得无聊在那看着营养不良的台剧！不是应该出去看看有没有人需要她的苦力，然后含泪拼命一把，至少有个钱保住命吗！

被饭菜香味吸引的顾念迫不及待地拆开盒饭，边吃边感慨："晓悠，你难道真的愿意看到我去浸猪笼？你说我妈妈含辛茹苦把我带大，好不容易我长大成年，却又因为一段不伦之恋，导致她不得不和心爱的男人分开，这该是多么不孝啊。"

听顾念这么一说，夏晓悠也为难："可是我家小男神这么多天都没有看到你，万一他经受不起这种被忽略的煎熬与失落，直接伤心到上吊自杀了怎么办啊？"

顾念鄙视了夏晓悠一眼，嚼着一块瘦肉不屑地说："他是不会舍得浪费珍贵的生命的。"

"念念，你真的不打算去找陈诺小男神吗？"夏晓悠好奇道。

顾念像是做了慎重考虑一般，认真地回答："这件事情现在我还没有想清楚，所以不打算在这种尴尬的时候去找陈诺。"

夏晓悠真想一巴掌呼死顾念，她义愤填膺地埋怨："就你现在的状况，你确定你还有思考的权利吗？你没看见那些伟大的思想家最后都走向了灭绝吗。"

"什么意思?"顾念从饭碗里抬起头一脸痴傻状。她还完全处发蒙的状态,刚刚不是还在聊着陈诺的事情吗,怎么画风转得这么快变成思想家了。

"你觉得你现在还有生活费吗?要是还不想明白,就等着什么时候变成一具干尸吧!"夏晓悠简直快被顾念气疯了,自己在这里这么费心费力地跟她分析现状,她居然还可以吃得如此香甜。

一见夏晓悠发飙了,顾念一边叼着筷子一边可怜巴巴地眨着眼睛说道:"不是还有你吗?"

听到这句话,夏晓悠恨不得直接一头撞死在顾念面前!

## Chapter.33

陈诺，我有可能喜欢你……

1

被气得说不出话来的夏晓悠，还是忍不住探出头，一掌将顾念正在吃的最后一点点美食强行夺走，神经兮兮地说："念念，你说你到底喜不喜欢陈诺小男神啊？"

顾念看着饭被生生夺走，无奈地说："你能不能把饭先给我？要是不吃东西我的大脑会因为缺少动力枯竭而死，哪还能想这么多问题。"

夏晓悠用一个简单干脆的眼神拒绝了她之后，顾念只好老老实实地回答："毕竟只有他说他会养我。"

"那你就没有想过找个别的可以养你的人，世上又不是只有陈诺一个人。"夏晓悠觉得她说的这个理由简直就是荒谬。

顾念垂头丧气道："陈诺说过他不会那么便宜把我让给别人，

你以为我不想好好地找个人来养我啊,你觉得他会给我这个机会吗?"

夏晓悠简直就要被顾念的智商气出心肌梗塞了:"那你不知道反抗啊,你反抗难道他还能杀了你不成?"

顾念面带疑惑地问道:"反抗?为什么要反抗啊?我正想着什么时候想通了,有了最好的解决办法之后再回去让陈诺养着我呢。"

夏晓悠简直就要被顾念的天真给打败了:"念念啊,我觉得你现在最需要弄明白的一件事情,不是你和陈诺在一起之后的后果,而是,你到底喜不喜欢陈诺。"

面对夏晓悠这么有技术含量的问题,顾念认真思考了一会儿后,回答了三个字:"不知道。"

夏晓悠恨不得当场就想把顾念给掐死,这就是她认真思考之后的答案?这不是明摆着是在调戏自己吗!

夏晓悠果断将顾念刚刚想要拿起来吃掉的最后一口饭丢进垃圾桶,坚定到不可反驳地说:"你最好尽快想清楚爱不爱我家小男神,我担心你的命留不到那个时候。"说完,留给顾念一个决绝的背影。

看着夏晓悠离开的背影,顾念有一种被全世界抛弃的感觉。

晚上躺在床上，顾念又一次彻夜未眠，听着夏晓悠近在咫尺的均匀的呼吸声，她心里一阵羡慕，为什么自己不能这样美美地睡上一个好觉呢？

从陈诺那里搬出来，顾念一开始就在担心什么时候他会忽然杀到寝室把她给拖回去，但是过了几天发现陈诺根本没有这个想法之后，她又开始觉得陈诺是不是一点都不在乎她……她在吃着泡面的时候，会不由自主地想着陈诺这些天在吃什么……不管她在做着什么，她都会不由自主地想到陈诺……

猛然间，顾念发现一个很具杀伤力的事实——她居然开始担心陈诺是不是真的喜欢她！难道真的是像夏晓悠说的，她其实是喜欢陈诺的？

喜欢陈诺？

顾念得到这个结论的时候，惊得差点从床上摔下去。

2

其实，当陈诺发现顾念再次逃走的时候，恨不得立即将她抓回来好好教育一顿。

他都已经为她做到这份上了，她还是这么不领情；换作以前，她应该是早就抱着自己的大腿感激流涕了。

他无数次想要拨通她的电话，最后还是悻悻地收了回去，这几天他一直在思考一个问题——是不是他太操之过急,这件事情真的触到顾念的底线了?

带着这个疑问,陈诺决定还是等着顾念自己仔细思考冷静一段时间,他需要的是清楚明白自己想要什么的顾念,而不是最后他硬逼着她来适应和接受,那样只会适得其反。

在顾念走的那几天,陈诺完全不适应,空荡荡的房子里没有顾念叽叽喳喳的声音,他觉得平时简单得不行的习题都解不开了,整天都在担心着顾念会不会真的就这样不再理会自己了。

知道她回了寝室之后,他就每天让肖勇去夏晓悠那里打听情况,听说顾念天天在吃泡面的时候,他几乎就要冲过去将顾念给抓回来了,但最后还是忍住。

他想等着顾念终于忍不住来找自己。但是,她这一次真的会回来找他吗?其实他心里并没有底。

漫长的等待中,陈诺快要受不了想要直冲顾念寝室去找她的时候,她带着两个厚重的黑眼圈出现在了他的面前。

顾念一进门就坐在沙发上一副欲言又止的模样,就在陈诺忍不住准备开口的时候,她没头没脑地来了一句:"陈诺,我们出去吃大餐吧。"

陈诺恨不得掐死顾念,才这几天就把自己弄成这副鬼样子,也不解释一下,对他也一句抱歉都没有,上来第一句话就是让他带她去吃饭？！

虽然陈诺心里愤怒滔天，却还是本能地把自己的钱包塞给顾念，黑着脸说："去买东西回来自己做，没人有空陪你出去。"

顾念撇了撇嘴，心想难道自己不在的这些天里，陈诺在闹绝食？不可能啊，陈诺不是自虐体质的呀！

带着满腔不敢问的疑惑，顾念接下陈诺的钱包。要不是她等下要说明的事情很严重，她现在肯定不会这么简单地就被陈诺使唤的，当然这不过是顾念自己在心里说服自己的。

她拉开门准备出去，站在门口略等了会儿，以为陈诺会跟着一块出去的。没想到陈诺悠闲地抛出一句"我想吃糖醋排骨"之后就转身回了自己的房间。顾念当然不会知道，因为这几天她出走导致陈诺好多作业都积压下来了。

等顾念提着一大堆菜回来的时候，陈诺刚好从房间出来，顺手接过顾念手中的袋子边走进厨房边说："我帮你洗菜吧。"

顾念疑惑地看着空空如也的两手，平时她做饭的时候，陈诺连看都不看一眼，今天居然这么热情地提出帮忙，真是太阳打西边出来了。

在顾念做饭的时候，陈诺抱胸站在一边指挥——

"顾念，这个菜我不喜欢吃。"

"顾念，上次你炒这个很好吃。"

"顾念,这个真的是这么做的吗?"

……

顾念受不了地把锅铲一丢,回头对他翻了个白眼道:"陈诺,你要是再说话就出去。"

3

吃饱喝足的两人对着满桌子凌乱的碗筷,纷纷沉默。

就在陈诺打算收拾碗筷的时候,顾念终于鼓起勇气叫住他"陈诺,我有话和你说。"

其实从顾念回来开始,陈诺就知道她有话要说,只是没有去追问,既然他决定让顾念自己想明白,那就没有必要急在这一时。

陈诺好整以暇地坐下,双手环胸一副大爷的样子。

本想着将陈诺喂饱之后,说不定他还会念在那一饭之恩上好歹原谅自己,没想到他居然还是这副模样。她真后悔没有一开始就说出来,白白让她费心费力做了一顿饭。

顾念不满地清咳了一声,学着妈妈的样子严肃且认真地说"陈诺,你对我到底是什么意思?"

陈诺被顾念的问题弄得摸不着头脑,难道自己表现得还不明显?到现在顾念还不明白他到底想的是什么?

见陈诺没有回答,顾念只好接着说道:"不是说你养我吗?为什么明明知道我没有生活费,还放任我在寝室饿死?你真是……"

陈诺鄙视顾念,心想难道不是你自己硬要搬出去的吗?而且还特意躲着不让我知道,搞得和地道战一样,现在居然还来指控我?

"你到底想说什么?"陈诺微叹了一口气。

被陈诺这么一打断,顾念本来想好的台词都忘记了。她还想着先阐述一下被他放任不管的自己在外面过得多么艰辛,唤起他的同情心之后再来切入主题,没想到陈诺居然看穿她的伎俩要求她直奔主题。

顾念紧张地捏着自己衣角,嗫嚅半天终于开口:"陈诺,我有可能……有可能是喜欢你的,只是我自己也不明白。"

"然后呢?"陈诺的眸子突地一亮,但是他依然不动声色。

"在这种连自己心意都不明朗的情况下,我们不应该胡乱作决定的。"顾念觉得自己说得相当有道理,"所以我们先不要住在一起,免得以后万一出个什么岔子,还是我一个人被浸猪笼……"

谁知陈诺像没听到似的,仅仅只是点点头,就收拾桌上的碗筷准备去厨房清洗了。

顾念登时觉得一口老血差点喷出来,喂!好歹我也表明了自己的心意了,你这种迫不及待逃离的行为又是几个意思?!

顾念越想越气，越想越尴尬，于是气愤地拔腿就准备往门外走。还没出门，陈诺的声音幽幽地追过来："你要是敢走，我保证你再也进不了这扇门。"

啧啧，多么专制暴力的一个人啊！从来畏惧陈诺的顾念果然乖乖地回去坐好了，乖乖地等着陈诺整理好厨房后出来对她进行下一步的指令。

陈诺在厨房打电话的声音传到客厅，顾念尖着耳朵听到了。陈诺在电话里让夏晓悠把顾念的东西带到这边来，顾念坐不住了，立刻跳起来跑到厨房问："你让她把我的东西带出来干吗，虽然我喜欢你，但我是不会跟你私奔的，好歹我也是正经人家的孩子。"

陈诺冲她微微一笑，一脸天真地说"好吧，我是不正经的孩子。而且，我觉得我们有必要回一趟家。"

## Chapter.34

以后这种事情没必要特意回来说一下,我和你妈都不在乎这些细节的。

1

顾念是稀里糊涂被陈诺拖到火车站来的,她跟着陈诺上了火车之后才反应过来,生气道:"陈诺,谁说要跟着你回家了。"

陈诺淡定地回答:"既然你觉得我们不能做决定,而且我也不想浸猪笼,所以这件事还是留着回家让他们处理吧。"

顾念急得直跳脚,她确实还没做好准备去面对妈妈和陈叔叔,但是已经上了车,她也没有办法了。

"过去一点,你的床在上面,不要挨我太近,等下会被浸猪笼的。"说着,顾念嫌弃地拉开和陈诺之间的距离,命令陈诺不准靠近。

没想到陈诺直接来了一句:"睡都睡在一起了,这些细节还有什么重要的呢。"

陈诺一说完,顾念就听到正前方的老爷爷惊讶地深吸了一口气,她这才注意到刚刚陈诺话中的歧义,顿时恨不得找个地洞将自己塞进去。

看了看一脸奸计得逞的陈诺,顾念恼羞成怒道:"陈诺,你给我闭嘴,现在开始我不想和你说话。"

陈诺果真听话地将头别向一边,笑笑不再说话。

当然,这样的平静没过多久就被顾念自己打破了,因为她饿了。

看着其他旅客欢快地吃着东西,顾念觉得自己饿得都快前胸贴后背了。她望着正轻松惬意看着手机的陈诺,恨不得将他立即丢进猪笼。

在和饥饿奋斗了半个小时之后,顾念败下阵来,她挤出一脸谄媚笑着对陈诺说:"小诺,我饿了。"

陈诺缓缓地别过脸看了一眼顾念,不吭声地指指她的书包。顾念翻了一下自己的包,果然找到几包方便面。但是,她压根不想吃方便面啊,她要吃好吃的东西!

就在顾念挣扎许久终于妥协准备去泡面的时候,陈诺拦住列车员买了一桶传说中巨贵的韩国泡面,还可恨地加了个卤蛋。

看了看陈诺那碗香喷喷的泡面,再看看自己廉价塑料袋里的面饼,顾念心中的怨念在脸上大写加粗地展现了出来,让她最最最不能忍的是,陈诺居然还故意边吃边赞叹。

越看自己的面越觉得不想吃，顾念一横心，终于觉醒去求陈诺赏几块钱。反正人在屋檐下不得不低头，大女人也是能屈能伸的，现在情况这么紧急，她总不能真的不为五斗米折腰吧！好歹要留着生命，好好地应对来自生活的挑战吧。

"小诺，面饼没办法满足我。"

陈诺一脸诚恳地说："我也没办法满足你。"

对面的老爷爷再次一个哆嗦，望向陈诺的眼神充满同情和惋惜——怎么好好的一个孩子那方面居然不行呢！

……

人为财死，顾念为食疯，兔子逼急了还咬人呢！

顾念一咬牙，不管三七二十一抢过陈诺手中的泡面，狼吞虎咽地吃了起来，一边吃一边狠狠瞪着陈诺。

可是当看到对面老爷爷那一脸震惊的表情的时候，她猝不及防被一口汤呛到，直呛得眼泪横流。

在这过程中，陈诺都是淡定地在一旁看着，直到顾念被呛到之后，才不慌不急地从顾念包里帮她拿了包纸，同时将自己的水递给她，声音轻柔道："念念，别在外面丢人现眼，有些东西你没有我知道就好，没必要展示给外人看。"

顾念接过陈诺递过来的东西，怨愤地瞪了他一眼，喉咙火烧火燎让她说不出话来，只用眼神狠狠地表达着自己的控诉：要是你不这么虐待我,我何苦这么拼命,现在居然还有脸在旁边说风凉话!

好半天,她憋着嗓子终于挤出一句话:"陈诺,现在我们关系还不明朗,不要说得好像木已成舟一样。"

陈诺勾唇一笑,凑到顾念耳边轻声吐气:"就我们现在的情况,你觉得还能解释得清楚吗?"

轻轻的气息喷在陈诺的耳畔,她羞得脸颊通红,故意别过脸不搭理他。但是下一秒,她就直接被一股力拉着倒在一个温暖坚硬的怀抱里,她本能地挣扎着,陈诺拍了拍她的背,道:"念念,你不是每次吃完都想睡吗,我不嫌弃你,睡吧。"

顾念浑身都僵硬了,她不用看都知道对面老爷爷现在是一副怎样的表情。反正浑身是嘴都解释不清了,正好吃饱了犯困了,可是还是嘴硬道:"让我睡觉你怎么不上去啊,占我地方。"

陈诺难得温柔:"你不是一直都喜欢抱着我睡吗,就这样,免得后面你喊冷。"

顾念听到对面大爷不忍如此刺激猛烈地翻了个身的声响,其实她特别想解释一下,她是清白的女孩子啊,和旁边这个神经是没有任何关系!但是好像说了也像是欲盖弥彰,她选择闭嘴,反正下车了谁也不认识谁了。

看陈诺打算就这么靠坐着闭目养神,她忍不住问道:"你真的不打算睡吗?"

陈诺低头凝视她,忽而一笑:"你确定一个八百米跑了半年才险险过关的人,能爬上上铺?不要看着我,我是不愿意睡上铺的。"

顾念恶狠狠在心里翻了无数个白眼,狠狠地将头砸在陈诺的大腿上,哼!砸死你……哦哟,我的头好疼!

2

绿皮火车一路颠簸,顾念中途醒过几次,然后又迷迷糊糊睡着了,等到火车快要到站的时候她才彻底清醒过来,准备坐起来的时候正好火车一个颠簸,她随手狠狠一撑……手下的触感让她惊得瞪大了眼,陈诺则一脸压抑疼痛的怒意瞪着她了……好吧……她也不是故意要按到他的重点部位的好嘛!

顾念尴尬地笑了笑:"那个啥,我不是故意的,我帮你揉一揉吧。"说完真的准备伸手过去。

"顾念。"陈诺忍着万蚁蚀心的疼痛咬牙切齿地挡住她。

看他那样,顾念真的不敢动了,只是可怜巴巴地站在床边望着他。

陈诺深吸了几口气之后,终于开口说:"扶我起来。"

两人就这样搀扶着出来之后,又立即买了火车票赶回海城,一路上陈诺觉得这是他这辈子走过的最难堪的路,他什么时候让别人扶过!

一直到回到海城,陈诺看顾念的眼神里都还带着深深的怨愤。接到他们电话来接他们的陈爸爸看两人这样,开玩笑地问道:"念念,小诺是被谁非礼了?"

顾念震惊于陈爸爸这样敏锐的洞察力,心虚地看了一眼陈诺,发现他已经怨念地将脸转向车窗外,只好吞了吞口水尴尬地笑着说:"一点小事,叔叔可以不用理他的。"

好在陈爸爸笑笑没有继续问,她总不能在陈爸爸面前说陈诺是因为自己的失手,导致一路上像个残疾一样被扶着走路吧……要是说了,陈诺估计会跳过来把她给撕了……顾念虚惊一场地转身拍了拍胸口。

但是,家里最难对付的还是妈妈,顾念一直都提心吊胆不知道下一刻自己会遇到怎样的动荡……

顾妈妈回来的时候看见陈诺他们都好整以暇地坐在沙发上,一副要商讨国家大事的样子。她大概想到是什么事,于是将手上的包往桌上一放,沉声问道:"顾念,你回来干什么?"

顾念委屈地看着妈妈,明明是两个人一起回来的,凭什么只说我?!明明我是被陈诺拖回来的,为什么不问问我心中的冤屈呢？

顾念还满腹怨念，陈诺就认真地开口了："妈，我们有事要说。"

顾妈妈转向陈诺，脸色稍缓。

"顾念说她喜欢我。"陈诺看了眼顾念，简洁明了地直奔主题。

看他这样简单粗暴地说出来了，顾念羞愧得恨不得找面墙把自己撞死，这种事情不是应该自己知道就好了吗，哪有人会这么不害羞说出来啊！

两位家长眼神交流之后，顾妈妈示意陈爸爸先开口。

陈爸爸清了清嗓子淡定地开口："我们知道了。"说完之后觉得还不够，特意补充，"小诺，以后这种事情没必要特意回来说一下，我和你妈都不在乎这些细节的。"

陈爸爸说的话让顾念惊得下巴都差点掉下来——什么叫你们知道了？知道了不应该立即抄起家伙打断我们的腿吗！什么叫不在乎细节？这种大事情还叫细节吗！

"叔……叔叔，你确定这是你真心想说的吗？"顾念磕磕巴巴地问道。

陈爸爸被顾念问得一愣，难道自己落了什么话没有说？他下意识地扭头和顾妈妈交流了下眼神，然后忽然想起什么，一拍脑袋道："对了，我和你妈还没有领证的，忘了和你们说，等下还影响你们的感情发展。"

顾念皱着眉头，视线在两人之间徘徊许久，震惊地缓缓问："你和我妈没有领证？"

顾妈妈羞涩地一低头，倒是陈爸爸一脸憨笑地解释："我们要去领证的那天，你妈把户口本落在老家了……后来你们都住进来了，我们看木已成舟，也就没再去管这件事。"

"所以，你们一直是非法同居？"得到这个认知的顾念恨不得找块豆腐撞死自己，她原本还怕刺激了他们而一直在纠结……顾妈陈爸你们能不能再任性一点！

顾念欲哭无泪地看了看一旁表情淡定的陈诺，忍不住问他道："你是不是早就知道了？"

陈诺并没有回答她，他的目光干净利落地越过她直视顾妈妈问道："既然这样，那我和顾念……"

陈爸爸其实对他们两个人动不动就跑回来打断他和顾妈平静美好的二人世界颇为不满，所以敷衍道："你们爱怎么样就怎么样，人看了十几年也都看透了，见家长什么也都免了。"然后起身拍了拍陈诺的肩膀爽朗一笑，"儿子，爸觉得你还是挺有眼光的。"

见陈爸爸表态后离开了，顾妈妈也立刻站起来，仍是一脸严肃地表明自己的立场："这种是大事，你们一定要仔细思考清楚，不能当儿戏！"

然后顾妈妈恨铁不成钢地扫了一眼还处在蒙昧状态的顾念，

心里不由得叹道：陈诺这孩子品性能力都俱佳，怎么就瞧上这傻姑娘了……果然傻姑娘还是有傻福啊！

看着他们俩离开，顾念忽然想起他们这样任性地跑回来，学校那边可是没有请假的，于是一脸哀怨地抱怨陈诺："我今年的西方经济学恐怕一定会挂科了。"

陈诺温和地拍了拍顾念的肩膀，轻松地走向自己的房间，留给顾念一句："放心，我保证只会稍微鄙视你一下。"

望着陈诺挺拔的背影，顾念只想咆哮：明明是你带我回来的，你才是真正的罪魁祸首，还有脸鄙视我……

而且她现在脑子里一片乱糟糟，她多想有个人能明确地告诉她这事真的就这么定了吗？！陈诺说好带自己回来解决问题的，就几句话定下来了？这属于花式秀恩爱吗？还秀到家里来了……

嗷嗷嗷，现在这样到底算不算在一起呀，谁来告诉她！还能不能平等民主地生活了，一群残暴的资本家。

顾念气得一跺脚，转身回自己房间。

这一夜，心事落地，终于好眠。

图书在版编目（CIP）数据

有时甜 / 狸子小姐著. -- 贵阳：贵州人民出版社，2016.6（2020.1重印）
ISBN 978-7-221-13269-7

Ⅰ.①有… Ⅱ.①狸… Ⅲ.①长篇小说 – 中国 – 当代 Ⅳ.①I247.5

中国版本图书馆CIP数据核字(2016)第135262号

# 有时甜

狸子小姐　著

| 出版统筹 | 陈继光 |
|---|---|
| 选题策划 | 胡晨艳 |
| 责任编辑 | 唐　博　杨雅云 |
| 流程编辑 | 唐　博 |
| 装帧设计 | 刘　艳　昆　词 |
| 出版发行 | 贵州人民出版社（贵阳市观山湖区会展东路SOHO办公区A座，邮编：550081） |
| 印　　刷 | 三河市华东印刷有限公司 |
| 开　　本 | 889×1230毫米　1/32 |
| 字　　数 | 167千字 |
| 印　　张 | 9 |
| 版　　次 | 2016年8月第1版 |
| 印　　次 | 2016年8月第1次印刷<br>2020年1月第2次印刷 |
| 书　　号 | ISBN 978-7-221-13269-7 |
| 定　　价 | 39.80元 |

版权所有　盗版必究。举报电话：策划部0851-86828640
本书如有印装问题，请与印刷厂联系调换。联系电话：0731-82755298